新语文名家散文精选
谭曙方 主编

人是泥捏的

聂尔 著

山西出版传媒集团
北岳文艺出版社
BEIYUE LITERATURE & ART PUBLISHING HOUSE
·太原·

图书在版编目(CIP)数据

人是泥捏的 / 聂尔著. — 太原：北岳文艺出版社，2021.8

（新语文名家散文精选 / 谭曙方主编）

ISBN 978-7-5378-6397-1

Ⅰ.①人… Ⅱ.①聂… Ⅲ.①散文集—中国—当代 Ⅳ.①I267

中国版本图书馆 CIP 数据核字 (2021) 第 115771 号

人是泥捏的
聂尔 著

//

出品人
郭文礼

策　划
续小强　赵　婷

责任编辑
赵　婷

封面设计
萨福书衣坊

封面绘图
南塘秋

印装监制
郭　勇

出版发行：山西出版传媒集团·北岳文艺出版社
地址：山西省太原市并州南路 57 号
邮编：030012
电话：0351-5628696（发行部）　0351-5628688（总编室）
传真：0351-5628680
经销商：新华书店
印刷装订：山西人民印刷有限责任公司

开本：787mm×1092mm　1/16
字数：154 千字　印张：12.5
版次：2021 年 8 月第 1 版
印次：2021 年 8 月山西第 1 次印刷
书号：ISBN 978-7-5378-6397-1
定价：39.80 元

本书版权为本社独家所有，未经本社同意不得转载、摘编或复制

序

杜学文

随着时间的变化,人从幼儿走向童年、少年。对于生命来说,这也许是一些最纯真、最富于诗意的时光。有家的呵护,有不断发现的新奇世界,有无限的可能性;还不会也不需要掩饰自己,不会也不需要考虑如何才能适应别人、适应社会。也许,从生命的成长过程来看,这是一个还不能也不需要承担责任的时刻,是一个不识愁滋味的时刻,是一个可以任性地放飞自己的时刻。当然,也是一个在潜移默化中被生活影响,并奠定自己未来走向基因的时刻。有很多的想象,很多的希望,很多的选择……但是,随着成长,这些"很多"变得越来越少,甚至成为不得不的唯一。这种想象的力量也许会对人的一生产生极为重要的影响。在很多时候,特别是对于成年人来说,想象似乎是虚幻的,非现实的,甚至是无意义的。但对于人整体来说,失去了想象力却是可怕的。如果这样的话,人们就只能匍匐在地面,而失去了星空,失去了更广阔、更丰富、更多姿多彩的世界——未来的可能性、现实的创造力、内心世界的感悟力,以及对幸福的体验与追求。所以,在人的生活中,除了现实存在之外,仍然需要保有提升情感体悟、净化精神世界、培养想象能力的生活方式。在很多时候,我们需要依靠艺术——当然也包括文学在内来实现这种想象。文学,不仅仅是表现生活的，也是想象生活的——建立在现实生活的基础之上，对未知世界与未来生活的理想构建。这种想象力的培养，也许在人的童年与少年时代更为重要。

实际上，每个人都在想象中成长、变化。在成人的世界里，这种想象越来越被现实生活所规定、制约。当一个人成为学生的时候，非学生的生活就不存在了。他必须在学生的前提下选择未来。但选择了通过读书来改变人生的时候，非读书的可能性也不存在了。尽管选择是对现实利弊的权衡，但仍然是对未来可能性的想象。当然，想象并不局限在这样的选择之中，人还有很多非现实的想象——对艺术世界的虚构，以及对不可知世界的精神性营造等等。前者可能会更多地影响人的情感，而后者则更多地影响人的创造。

事实上，每一个人在其幼年时期都会有想象的努力——自觉的与不自觉的。以我自己的经历言，曾经想象时间的停滞，希望知道时间停滞之后会发生什么。结果是时间并没有停滞，停滞的只是自己的某种状态。在我家乡村外的山脚下，有一条河。河中一个很小的瀑布下聚满了水。那水是深绿的，有点深不见底的感觉。我们那里把这样的地方称为"龙潭"，就是河中水很深的坑。旁边有一个石头垒起来的磨坊，里面有一座水磨——利用瀑布的落差来推动石磨。大人们说，这龙潭很深，一直能通到海底的龙王爷那里。我不太理解如何从太行山的地底通往大海，也不知道假若到了大海会怎么样，但却希望能够有一条龙带着我去看看大海。这大海与龙宫就成为幼年的我对未知世界的想象。

人的想象力当然是建立在社会生活之上的。如果没有听过大人们讲龙王的故事，就不可能去想象龙宫的景象。这种社会生活也隐含了人的价值判断与情感选择。当人们在其成长的幼年时代，能够更多地接受积极健康的价值观，接受良好的情感表达及其方式，其想象力将向着更美好、完善、向上的方向发展。人会在无意识中选择那种积极的表现方式。这也许会影响人的一生。就是说，在人成长的初期，想象力及其表现方式是非常重要的。

也许人们意识到了这种重要性，出现了很多希望能够满足童年或者少年人群精神需求的活动。游戏、体育、劳动、阅读，以及相关的艺术活动，包括文学阅读与创作活动。据说那些非常著名的作家往往会写一些少儿作品。而那些儿童文学作家则被认为是"最干净"的职业人群。正是他们，在那些如白纸一般的人心中绘画。他们使用的颜色、图案、创意将深刻地影响人的未来。而人们总是希望自己的未来将更为美好。

从这样的角度来看，北岳文艺出版社策划出版一套《新语文名家散文精选》就有了非常特殊的意义。这并不是一般的作家散文创作结集，而是有明确的目的指向——为那些正在成长的读书人提供可资参考的读本——它主要不是为了体现作家在艺术领域的探索创新，不是为了研究某个创作领域的来龙去脉，也不是为了让人们获得知识——当然我们也不能排除这样的功能。但无论如何，其核心目的是要为培养孩子们的想象力、审美能力提供一些看起来感到亲切的范文。至少会使读书的同学们能够在写作上有所参照。这是很有意义的。

从体例设计来看，也非常有效地体现了这种目的。这套书选择了十一位作家的散文作品。他们分别生活工作在山西的十一个地级市，有某种地域意味在内，也会强化读者"在身边"的认同。这些作家，大部分我都有接触，基本上了解他们的创作情况。其中有成果颇丰的老一辈作家，也有风头正健的中青年作家。他们的文学贡献也主要体现在散文领域。这对读者的阅读来说有很强的针对性。在每一篇作品的后面，还邀请各地从事教学的名师进行点评，以帮助读者更好地进入作品的艺术情境之中，领略作品的艺术特色，以及文中表露出来的情感状态、价值选择。这是非常好的设计。同时，还邀请相关的专家对每一位作者的作品进行比较专业的综合性论述，便于读者从全书的整体来把握作品。这些作品主要集中在"情"上——故乡之情、父母亲情、友情爱情、事业之情等等。其中一些堪称范文。当然也有一些知识性、研究性与介绍性的作品，亦可丰富拓展读者的视野、心胸。通过这些作品，我们不仅会感受到不同时期人们的生活状态、情感状态，还可以理解作家们表达情感、进行描写的艺术手法，既有助于同学们想象力、创造力的提升，亦有助于同学们写作能力的提高。

人的生活状态至少有两个方面。一是显性的、可见的。比如学习成绩、创作成就、劳动收获等等。但还有另一种是隐性的、不可见的。如你会因为学习成绩提高而感到高兴、欣慰；会因为自己的作品受到读者喜爱而增强了创作的动力；秋天收获的时候，会因为这一年风调雨顺有了好收成而感到欣喜，增强了过好日子的信心等等。也可能因为这些，你会更努力地工作学习，更尊重别人的劳动付出，更希望自己做一个好人、优秀的人。相对来说，那些显性的、可见的生活状态往往受到人们的重视，因为其直观，有功利性。但也许那些隐性的、不可见的生活状态对人的成长、完善，以及激发内在动力与想象力、创造力更加重要。它们虽然看不到、摸不着，似有若无，但往往决定了人的情趣、视野、眼界、胸怀，以及精神状态、价值选择与审美能力。正因为这些东西的存在，使你能够更好地面对社会、人生，正确地选择自己的道路、方法，感受到生活的美好、幸福，并保有追求更美好未来的力量与信心。这样来看，这套书意义重大。我真诚地希望大家能够喜欢，也希望有更多的适应同学们阅读的好书面世。

2021 年 3 月 21 日于晋阳

（杜学文，山西省作家协会主席，著名文学评论家）

目 录

第一辑
雨雪霏霏

003　王莽岭看雪
010　长街青砌应犹在
　　　——拦车村印象
018　庭院深深深几许
021　高都赋
024　我的同学张保龙
028　仙山与大师
035　我的女儿
041　汾酒，我的北方兄弟
044　文化宫
049　爆竹的记忆
053　放逸于丘山之道
058　青春与母校的献礼
064　我的老师程耀中
069　回忆魏老师

第二辑
杨柳依依

079　我家里的空气
084　人是泥捏的
088　短暂的猫咪
094　远处的叔叔
099　我的写作故事
104　我的恋爱
117　父女之间
122　爱与希望
　　　——在女儿婚礼上的致辞
125　审　讯
132　我的儿子
135　狗　蛋

第三辑
铜枝铁干

141　我喜欢饱含思想之血的文字
　　　——答《山西日报》记者杨东杰问

149　我像一只逗号那样渺小
　　　　——《太原晚报》的访谈

159　身在何处，为何读书
　　　　——在伊尹读书会上的发言

165　散文与人（十六条）

172　游离与回归的悖论
　　　　——在青莲沙龙的演讲

180　"泥塑"之道兼及聂尔散文断想
　　　　　　　　　　　　/王朝军

189　后　记

第一辑 人是泥捏的

雨雪霏霏

在我们这一带,王莽岭上的雪是最好的。没有雪的时候,王莽岭是最好的,有了雪仍属它最好。王莽岭也有不好的,就是它这名字。我总觉得汉代那个叫王莽的人,根本担当不起这样一座雄伟而美的大山。

王莽岭看雪

大雪稍住的时候，是看山雪、拍雪景的好机会。

在我们这一带，王莽岭上的雪是最好的。没有雪的时候，王莽岭是最好的，有了雪仍属它最好。王莽岭也有不好的，就是它这名字。我总觉得汉代那个叫王莽的人，根本担当不起这样一座雄伟而美的大山。

我早就知道去王莽岭看雪这一大风雅乐事，但我不知道我也会去。当老常向我提出这个建议时，我的第一反应是极力反对之。但是，就像去年他建议我乘他的车与他同游甘肃一样，我在他所给出的巨大诱惑下，再次屈服了。我问他需要穿多厚的衣服，他说能穿多厚穿多厚。这一回答，让我未出温暖的家门，就已经凛冽起来了。

这是1月22日。我们下午三时半出发。甫一出城，道路两旁广阔的雪野，就令我这样一只家兔的心怦然跃动起来。正如老常动员我时所说，十多年罕见的大雪，实在是一个不该错过的机会。而且，躲在车窗后凭眺远近一色的原野，与站在家中窗户后面窥望远方，原也有相同之处。我不过借朋友的助力，换了一个窝而已。

一路的白。晚六时许，我们到达王莽岭山门。守卫人员警告，山上雪大啊！一入山门，果然好大的雪。但在那隐约的厚的雪路上，已有先行者浅显的车辙。在车辙引领的道路上，有两三条出人意料的狗，一一出现。它们中的每一个，在看见我们后都四脚立定在雪地上，昂起头来，用里尔克赞赏过的那种超越性的目光迎面注视我们一会儿。

同行的老段说,狗见了大雪是欢喜的。我不知是不是这样,但我确实看见那些狗无缘无故地在雪路上跑动。有一位骑黑色摩托车的人,像一个杂耍演员一样,在我们的丰田霸道车灯照射出的光柱里,以一种奇怪的姿势颤抖着滑行在我们的前方。我们小心翼翼超过他,把他留在了后方长长的雪路上。我脑后的余光仿佛还能瞥见,他撩起双腿在摩托车上缓慢飞行的样子。

老常和老段都说,他可能是山上某村的一个村民。老常还感叹说,农民们能得很啊!老常的意思可能是说,农民们的生存技能非我们所能想象。我此刻想的是,如果有一条狗跟着他,或许对他有所帮助吧。

我们的目的地是山上一家私人旅馆。车灯终于照见它时,雪中房子里走出一对男女迎接我们。他们的狗也从窝里钻出来看我们。它是一只瘦小的狗,也许还是一只幼小的狗。眨眼间它已经钻回它那寒冷的小窝。这时候我们发现,老常在路上预言过的月亮,已经停在我们正面对着的前方高处。我不免对老常的预言能力大惊小怪,因为我们出发的时候的确不能说是晴天。老常谦虚地说,他不过是猜测而已,并未敢断言。然后,我们缩着脖子张望一番,厚雪无边,寒山明月,小屋炉火:这正是我们要来的地方。

从汽车后面拿出预备的酒肉,让主人再做几个菜,围住屋子中央的炉火,我们的雪天百里之行仿佛正为此一醉。酒中不时走出门外,望一眼不负厚望的月亮,迎风撒尿,大呼好冷啊!喝酒到后半夜,出来居然看见一圈明亮的月晕,正好在我们头顶上。几个人站在雪中,又一番欢呼、赞叹。甚至还有回忆。因为有一年10月,也是在这王莽岭上,曾经看见过这月晕,那一次的月晕,更亮,更大,更长久,并有海浪样的滚滚松涛为之伴奏。

酒喝得非常快。当老常持续激动着打开了第二瓶酒时,老段已经不胜酒力,声称要去睡了。老常一边喝酒,一边用炉火给我们剩下的人烧土豆吃，问男主人是否相信土豆能这样烧熟，那个叫景洪的四十多岁男人说不信。老常像亮他的绝活一般，若干分钟后得意地从火中取出他的成果来，叫我们大家品尝。果然好味道。这时，老段已经睡醒了一觉，重新加入到我们中间。又一轮海阔天空的神聊开始了。到最后全体去睡觉时，我才发现睡觉的那个屋子里，虽然亮着一个通红的电暖气，却跟屋外的气温相差无几。好在仅有的两条睡袋分配给了老常和我。我把睡袋拉链拉到只露出鼻子，听着已经睡过一觉的老段躺在两条被子下面给我讲他的北京故事，故事里有风流画家、漂亮女人、洋溢着艺术气息的简朴生活……但是，精彩的故事和鼻尖上的寒冷，也终于未能阻挡阵阵袭来的睡意。

早上被叫醒时，我努力从懵懂的状态中挣脱出来，发现只有我一个人还在这间屋子里躺着。我不无羞愧地从睡袋里钻出来，并很快就认识到，在如此地方，有如此一只睡袋是多么惬意的事情。我听见外面有"太阳出来了"的叫声，也赶忙跟出去看，看见在看得清楚了的无边沟壑的对面，有一只似乎不大靠得住的灰白太阳在不远处摇晃着。

吃过早饭，驾车上路。这才是真正的上山。风景正式展开。我从未想到过，世界可以如此晶莹。我们行走在童话里。虽然没有故事发生，但却由衷地相信，这就是童话。我们来了，我们走在这里，这就是故事。也许，我们来到这洁白的世界，正是为了对第一个故事的追寻？第一次发生的故事就是童话。而眼前的这一切，对于我来说，还从来没有发生过，甚至没有梦见过。汽车几次停住，人们从车上下来，举起他们手中的玩意，拍下这仿若童话的脆弱的永恒。

就连我也举起了相机。挂在我脖子上的红色小玩意属于我女儿。我几乎从未使用过它。当我屡试不爽地发现，我确实能够让那一片片肥硕的白色花朵，以仙境林间的冷漠形态，带着我刚刚亲眼看见的沉重感和冷意，一律收入这个小玩意里时，我顿时就理解了以前丝毫不愿意去理解的一个问题：那些在人群中随处可见，时不时就举起相机，成群结队的拍摄爱好者们，他们竟是无数脆弱而永恒事物的热爱者。就像现在，面对着一个只能存在几天的冷酷仙境，如果不举起手中的相机，还有什么方法能够抗拒那已经在酝酿着要消融它的不可抗拒的力量呢？那在林子背后悄悄移动的光线，我要捕捉住它！我心里好像响起一喊声。我在瞬间变成一个毫不可笑的永恒的留恋者。这时林子对面的光更明亮了。老段向老常喊道，太阳又好了啊！

找准一片银色幽暗松林能够透进确切阳光的缺口，老常终于架起了他的宽幅大相机。那架昂贵而笨重的机器，需要长时间的操作。他几次钻进红布盖头下面，又钻出来，仿佛在举行一场童话里暴露在光天化日下的密谋。他的直起头来的表情，越来越肃穆而深沉。我和老段离开他踏雪前行。我们就像两个初级侦探一样，一路走一路四处张望。我看见了光在每一处的变化，风在雪地留下的痕迹，林中细弱的草如何与雪纠缠。我听见老段走在雪上"咯吱""咯吱"的声音，但却听不见我自己的。老段突然指给我一行横过路中央的野鸡脚印。它那清晰的三根指头印下的脚迹，形成一条直线，仿佛一行自然的密码，静谧地指向路边深沟。老段朝沟里远远望一眼说，它可能就藏在下面哪个草丛里。老段又说，我们运气好的话就看见它了啊！

又走了一段，我们望见了建筑物。然后，很快就走到了景区正面的入口，那里有一个停车场。让我有一点担心的远征居然只有这么短。我们的朋友老李的红色吉普车停在那里，更给了我一种船到码头的安全和松弛感觉。他是从锡崖沟上来的。想不到他来得这么早。不一会儿我们全部汇合了。又再次上路。我们不得不给这洁白无瑕的世界再次增添我们的足印。

走到一个陡坡上的林子里，一次最大的拍摄活动开始了。我被他们三下五除二弄了上去。这是因为豪情万丈的老李要给我"好好拍几张"。他用他的防水靴毫不吝惜地为我蹚出一块空地,让我站在那里摆姿势。几次三番,轰轰烈烈。最后,所有人都加入了拍照和被拍照。过程中我发现,在这陡坡上,每抬高一点点,林中的光线都会发生强烈到令人惊喜的变化。我把这一发现兴奋地告诉老李。想不到这个摄影师淡然而匆忙地回答我,那当然那当然。我意识到我的发现不过是人家早已知道的常识。但是,没有他们,我就来不到这高处,我就不会亲自发现这常识。光可以把这一个雪的世界变幻成无数个。如果长久注视,可以眼中无雪,而只有光。世界的形态原来由这虚无者来造成。这就是为什么上帝说要有光,于是就有了光。

当我要求他们把我弄下这高地后,我就失去了亲自观察光的变化的有利地形。我站在下面路上,看着他们仍在高处扰攘。那在高处才有的喜悦,从我的心中一点点消退,就像慢慢隐入云中看不见了的太阳一样。我知道了,有些喜悦,只有站在高处才能产生。它是真正的无中生有,它不是本来就有的。而发生在地上的喜和悲,那完全是另一回事。

吃过午饭,我们下锡崖沟。从王莽岭去锡崖沟,是穿越隧道,从至高处的一次降落。锡崖沟本是一个世外桃源。我曾多次来过。记得有一次是夜半时分来的,晚上醉酒,早晨醒来,真正体验到什么是恍若仙境。

但是,这一次,我们还没有到达,就已经意识到,锡崖沟被毁坏了。绿色的铁丝网把锡崖沟罩起来了。在四围的皑皑白雪中,高大的绿色铁丝网如同一个突兀的暴力,试图在原因不明的情况下将大自然拘禁起来。我们一路叫着匪夷所思,赶快掉头回返。

返回路上,我们看见一位牧羊人坐在路边。他戴一顶棉帽,弓起背,袖着双手。他侧身朝着我们,没有像我们对他的注目一样,扭头看我们一眼。他的黑色的羊群散落在他周围的雪地上。牧羊人,无数歌中唱过的牧羊人，只是一个忍受着寒冷和孤苦的人。他就坐在我们身后，离开我们越来越远了。后来，路上的汽车、人、狗和村庄就多起来了。金黄的玉米悬挂在白雪的屋檐下，不时一闪而过。人间的气息透过雪光，一路浓郁起来了。我们把那个晶莹的世界越来越远地甩在了身后。

赏析

苏轼诗云："老去山林徒梦想，雨馀钟鼓更清新"。人活着有时需要一种清新感，否则会因"不知道该干什么"而无聊地死去。出门旅行，就是一个很好的选择。在这篇《王莽岭看雪》中，我看到了作者对于一种清新生活的向往，感受到了他身体里那强有力的"心跳"，或者说，他仍然保有了一颗"童心"。

"未出温暖的家门，就已经凛冽起来"。这是一种"兵马未动而粮草先行"的出征，不过这里的粮草是非物质的，是一种精神上的冲动，它有着八爪鱼一样长而敏感的触角，等待着去探索未知的世界。也许，它还道出了生活的真谛，那就是：生活，一半是想象，一半是继续。

这种强烈的想象乃至向往之下袅袅而生的清新感，让文章充满了热量，它仿佛让我们在冰天雪地的荒野中看到了"生"的迹象，它让我们对"活着"充满了信心。这也许可以说明，我在阅读这篇文章时，为什么会时时感到一种温暖。

没有温度的艺术是死的，没有温度的文字更是了无生机。文中对沿途琐事的记述、对自然景色的刻画、对清新事物的认知，以及一些无伤大雅的调侃，皆出于作者的"肺腑之言"，因而都是有温度的，这种温度使得文字变得明亮起来。

仿佛一道道变幻着的明亮的光线，阅读时我仿佛看到了一幅赏心悦目的风景画，又好像看到了一部关于探奇的影片，它讲述着人与自然的关系。这种通感的力量让我啧啧称奇。我想起了这样一句话：一切有生命的东西都是如此，以热来养身，以光来养心。

（韩山）

> 韩山，本名韩托，山西沁水人，晋城市作家协会会员，现供职于晋城市教育局。中小学一级教师，国家二级心理咨询师。有作品在《黄河》《诗潮》《太行文学》《太行日报》等刊物发表。

长街青砌应犹在
——拦车村印象

拦车村形势，全在高冈上那条古旧而且完整的长街。

三里长街，各种繁华旧景，暗影流芳，保存下了中国盛唐以来，特别是明清两代通衢大驿上旧式生活的骨骼、脉络，以及那几乎风干了的血肉。

山西省泽州县拦车村，为中国"传统村落"和"历史文化名村"。

拦车村旧名星轺驿、拦车镇，位于晋豫两省重要通道的咽喉之地，是中原北上太行天井关一路的驿街、集镇，官府曾在此设有管理过往行商的衙门，叫作同知衙门，为的是收税。入口处北阁上现存的大字雕刻"晋南屏翰"四字，在阳光下熠熠闪耀着。"屏翰"是有特定含义的，"国家所恃为屏翰者，边镇也"。这可能说明了明清之前的中国，因战事频繁，边界常移，守卫不易，天井关一带时常成为边关要塞，防守重镇，此为屏翰也。而后人及今人视此，含义又有不同，因为明清两代，中原、太行已为中国腹地，两地边界早已无须防守，而变为通商之途，此四字便只凸显出古人对于自我重要性的认知，以及在大地理观念之下管理事物的某种信念。这也是历史的一种自我归纳。

这个观念其实是可以支配一切的。

拦车村建在南北方向的一列高冈之上，它的三里长街为南北走向，街道两边院落则为坐东朝西或坐西朝东。它不畏朝日，不避西风，"陟彼高冈，我马玄黄"。这并不符合一般的风水建筑观念。为了将这逆风水而建的村落牢牢地锁在高冈上，不使酷烈的西风将其吹落，村人在东西南北和两个偏向上建起了六座阁。"卧龙冈"因此而得以安然无恙，并保障了过往商旅在这重要的一站，歇息喂马之后，再行北上。这也为它赢得星轺驿的美名。所谓星轺，即使者也。无论是皇帝的使者也好，民间的使者也好，使者总归意味着古代社会的信息，货物，交通，任命，当然也免不了有噩耗，总之使者就是古代世界的世界性的一种体现，是一种奔波不息、动荡不定、有生命的世界标志物。村人当然喜欢仅把使者理解为皇帝派往各地的重要人物，甚至理解为皇帝本人，所以此地传说有十多位皇帝曾经临幸过这不荒凉的山冈。但无论如何，在这已经锁好了的、安定的、长长的驿街之上，可以想见"曙光高，马嘶人起，梳洗上星轺"的景象，是无疑的。

在实际看过，走过了它的三里长街之后，可以相信拦车村并非一个传说。

但是，没有传说也是不可能的。

实际上所有的都从传说开始。我和陪同我的作家张暄下车伊始就听到老人们讲传说。像很多的村庄一样，拦车村的青壮年都外出打工去了，留在村里的只有老人和孩子。我向街边闲坐的老人提出问题，他们热情地回答我。和纯朴的老人心无挂碍地交谈，一向是我神往的事情。人活老了，变得如同小儿一般清澈，这使人可以感到生命的两端本是如此的美好。

我邀请他们随我一起在街上走一走，先是最初碰见的三位不无羞涩的老人，走着走着增多至六七位以后，这些七八十岁的老人们的情绪慢慢变得热烈起来了。他们陪我走完了三里长街，又走回来。他们争先恐后地为我讲述。他们所讲的种种传说既语焉不详、漫漶不清，其中又混杂着自豪、遗憾、希望和无奈等各种相互矛盾的情感。他们各位都是生于斯长于斯亦将长眠于斯的居民，但他们并不完全了解他们的家园。他们对家园的情感是矛盾的。这当然也是最为正常和家常的一种情感。因为正是家园囚禁了他们,没有使他们发家致富,并使得他们与世界相隔膜。这里曾经是通衢大驿,但是,"拦车官街人挤人,肩挑拉货挤不出城"的历史盛景并与他们无关,曾经的南来北往的客商,或者那些皇帝的使者,都已经消失在了他们目力所不及的黑暗之中。他们希望这里重新变得繁荣,但是他们已经等待了一生,他们的儿孙也已经去往别处挣一份生活,这表明希望并不存在于这历史的废墟当中。所以,当我盯看并拍摄街道两边那一处处曾经的骡马大店、商铺,那些曾经整饬堂皇现在却摇摇欲坠的房屋时,一位老人的嘴里始终念叨着一句话,他说,你来看我们的破村,我们这是一个破村呵!他说这话时脸上却滋出了笑容,仿佛他在为这些明珠暗投的宝物而自嘲。

这些老人身上的历史虚无感并不只属于他们自身。他们经历过日军的入侵,在日本人的统治下生活过五年,他们在民国时期上过村中的完全小学,那民国学校的地址、房屋他们均可指证(他们确实指给我看了。令我惊讶的是民国时期设在拦车村的完全小学的学生居然有一百多人),他们经历过"大跃进"、人民公社和"文化大革命",经历过种种往事,然后才是改革开放,那时候他们已经老了,当然现在他们更老了。他们的一生都在看着这条熟悉得不能再熟悉的三里长街,他们怎么可能相信这里会是奇迹的发生地呢?

确实,没有任何奇迹,有的只是可疑的历史剧变和不可思议的制度之变,以及人本身莫名其妙的变化。老人们看见了、经历了这些变化,他们知道,一切都是靠不住的,只有这衰败的不变的家园可以庇护他们卑微的人生。明清两代所造成的此地的繁荣,即使对于他们这一代老人也已成为一个传说,一种不可复返的荣光。只不过这一个传说、这一种荣光,有这三里长街病骨愔愔的叙说可资证明而已。明清商业，那是皇权之下人的一种自由活动，是浩然长史之中偶然的辉煌一瞥，但是却由此产生了拦车村的一种"经商传统"。拦车村的商业传统一直延续到20世纪50年代中期，哪怕是在战乱中，拦车村村民也一直在进行着商业活动。在日军占领之时的1942年，拦车村村民自发开办了四个粮行，粮行的周围设有几十个饮食、小吃部、小百货、小卖摊点，每天从早上到傍晚，"顾客往来不绝"。这一活动后被占领日军取消。据《拦车村志》记载，自日军取消拦车村的商业活动，"拦车村的村民们，凡有劳动能力的人，就背起扁担外出，靠肩挑贸易度日。据统计，每天担货走太行山的人约有八十余名，俗称拦车扁担队。主要肩挑项目有：贩卖煤炭、铁货、粮食、竹货、农副产品。……他们南到河南郑州、洛阳，北到曲沃、临汾、绛县，乃至太原等地做生意，贩布衣。""民国三十四年（1945）十月，……拦车村办起文化合作社（亦名农民合作社）。""50年代初期，村民以集股的形式在本村成立了供销合作社……一直延续至今。"正是拦车村村民世世代代如此这般的生活方式，留给了我们这一座"传统村落"，"历史文化名村"。

　　传统村落也好，历史文化名村也好，它们本是凝固的历史，是制度的标本和文化的遗迹，就像曾经奔走飞翔现在已经僵死但却依然美丽的鸟兽一样，作为标本的它们甚至可以显得比它们拥有生命时更加美丽，因为它们正在飞往回忆的天空，而非充满了雾霾的现时的天空。而且，这些标本脱离开了它的使用价值和各种功能的束缚，蜕变为一种纯粹美的遗迹。而一旦进入美的领地，这些遗迹就不再只是遗迹，而变成了一种现存物，并且它会越来越成为现存物，从而越来越能够获得比生命本身更为神秘和深邃的存在感。这就是当我们站立在这些"现存物"的面前，当我们意识到开始接近它们的时候，我们觉得自己的生命顿时有了凭靠，并被时空接纳的那种感觉的由来。而当我们离开，回到家中，我们便重又落入到了日常生活的孤单之中。

当我们终于走到北阁外，我们便看见了那个最有名的传说，"孔子回车"：孔子及其门徒驾车游走在此，遇有童子筑城而戏，孔子求路，童子拒不相让，曰只有车避城，而无城避车的道理。孔子于是登车而去，未能上得太行山。此故事演绎出了多种版本，而童子之名曰项橐，却终只有这一个，他算得上这个传说中最为现实的一个细节。这是村名的由来，也是拦车村历史之悠长的明证。在我童年时，我就听过这个故事。我有幸见证了一个传说在不同时代的各种演变。"孔子回车"的传说，仿佛系在拦车村脖子上随风飘摇的一条红围巾，时而艳丽，时而在风中褴褛，时而消失之后又重现。

而实际上这是怎样的一座村落呵！除去传说，除去把传说写入正史的冲动，这里有实物可资见证的历史主要发生在明清两朝，但关键的是，历史在这里是密集型的。我们走在长街上，被历史的幽暗所笼罩，又不时地被幽暗中透出的一线天光诱惑到遐想之中。一步一景，步步有景。历史的日常只在于踏入一道门槛，进入一个院落，然后踏入又一道门槛，进入又一个院落，又一道，又一道，在屋檐下的阴影与老地砖的霉迹之间，跳荡着历史的尘埃，几可触摸。这就是长街之长。当年拥挤的生活变成了不惮于重复的历史戏剧，每一部都是那么的动人。从每一个大小院落走回到青砌长街，头顶的日光提醒我们，我们这是又回到了历史的步道上。此刻，在街道的看不见的另一头，是我们所来自的当代生活。当代只是诸多可能的生活之一种而已。绝对是可以被破除的，并且它已经被破除，就在这尚未走完的青砌长街，就在你我的身上。

根据《拦车村志》，这里"明清时期开店铺已形成格局，经营行业主要是开骡马店。拦车村南北通直，一街两侧都是两层楼房，房屋店门高大，房深两丈四尺，是专为开骡马店设计的。房屋整洁牢固。全街骡马店约有六七十家，明朝时来往住宿的驮骡数百余头，留人小店约有四十余家,每天喂牲口,留行人,卖小吃,吃夜宵,通夜不息。其次是铁器行、杂货、粮油、百货、医药、土产、烟酒、棉布、丝绸、文具、印染、酿造盐店、当铺等行业,经营方式有坐商、摊贩、货郎担。当时北街的西店、东店、上孔院、下孔院,中街的双店院、高升店、同顺店、东店院、西店院,南街的上兴店、下兴店等,生意做得十分兴旺。除本村经营的商行外,还有河南省的沁阳、博爱、济源、温县、孟县等地的人在此经商……""明清两代商业的兴盛繁荣,主要原因是拦车村地处晋豫两省的交界处,再加上星轺驿镇起着经济繁荣的纽带作用,二是每年除庙会外,每月还有一次较大的集市贸易,市场十分热闹、繁荣"。此外,拦车村的宗教庙宇和其他公共设施的建设亦由来已久,"最早可追溯至春秋战国时期的太行古道拦车段建设。当时道宽八米,青石铺砌。""隋代重新铺设了驿、街合一的太行故道。唐代,始在北街创建汤帝庙……宋时,在南街创建文庙……明清两代,拦车村在中街创建有关帝庙,并在东西南北创建东山神庙、西山神庙、寺井庙等庙宇,清中期又在南谷堆创建魁星楼和文武衙门以及衙门口的贞节牌坊等。遗留至今的仅有中街的关帝庙和北阁尚存,其余均在历次社会变革和战争中毁坏"。

  我们所谓的传统究竟是什么?近年来,这一问题时常浮现于我的脑海。我想就是,毁弃未尽者,转为珍藏。那么,为何要毁灭?毁灭停止了吗?我看这问题未必就有了答案。比如,新农村建设到底是要干什么?好在拦车村早已做了保护规划,保护正在进行中。我见到了戴眼镜的拦车村支书李建敏,他看起来像一个接近老年的"文青",他对拦车村的一切如数家珍,他期待有投资人从天而降,他搜集那些变为厕砖和踏脚石的石碑、雕刻,他是晋城一中的毕业生,村中的知识分子,同时也是开着一家加油站的村里的富人。

  希望这位暂时的"监护人"能够对拦车村加以切实的监护。

希望宁静的拦车村不再被社会变革和战争毁坏。

希望能够再来拦车村，再走三里驿街，重温历史旧梦。

赏 析

作家以严谨而又平缓的叙述，将我们带到了历史当中，带入到拦车村的长街之上。这种"带入"是通过文字的魅力，而非其他。这是个"历史文化名村"，其历史就是有别于其他村镇之处。作家的叙述正是抓住这一点展开的。在讲述拦车村的历史时，作家没有简单地将资料堆砌，而是通过历史记载佐证，通过村民"语焉不详、漫漶不清"的记忆，把历史的记忆化和记忆的历史化恰如其分地融进自己的叙述和思考当中，将沉睡的、层层包裹的历史抽丝剥茧般进行解构，并与当下巧妙地联系，令人深思。然而，这平静和舒缓，是富含力量的，就像暗夜里，一位智者，手举火把，乘了辚辚作响的车马，行进在平静的拦车村的三里长街上，火把的光亮照亮了沿街家户的窗户，将每一个窗户震颤，将每位读者的耳朵叫醒。

"我们写作，是为了品尝生活两次。"跟着作家的脚步，行走在拦车村的长街之上，行走在悠远的历史当中，看沿途的风景，我们有了某种宗教感，也似乎看到了作家深邃的眼神，深刻地关注着远方。

（任慧文）

任慧文，山西省作家协会会员，山西省作家协会第六届、第七届全委会委员，山西省散文学会理事，《太行文学》副主编，晋城市作家协会主席。出版有散文集《记忆的碎片》《晋城风物》（合著），作品先后在《中国作家》《山西文学》《黄河》《山西日报》《山西作家》《当代人》《都市》《青海湖》等报刊发表，有作品入选《山西中青年作家作品精选》，散文《爷爷之谜》入选"2020年度中国散文精选"。曾获2016—2018年度赵树理文学奖，"晋城市优秀文艺人才"等荣誉。

庭院深深深几许

看《太行日报》"我的大院我的家"系列纸媒—多媒体故事，颇有一点感触。

改革开放四十年，翻天覆地。变化之大者，不可胜数。其中的居住格局之变，影响到几乎所有家庭和个人的生活、情感、心理、审美，可谓尤其巨大而又根本。

我的小家庭从1990年脱离开大家庭，告别家属院，搬入楼房，至今已逾二十八年。我的孩子四岁以前生活在一个非典型的大院里。她对于传统庭院的记忆应该几近于无。也就是说，新的居住形式已经造成了至少一代城市人的现代的家庭—情感—文化心理。而这一代人，以及他们之后的人，已经成为我们社会的主体。这就是我们的下一代。而下一代的下一代，目前正在接受学前和小学教育，当他们在课堂上诵读"花落月明庭院"（陆游）、"深院月明人静"（司马光）、"庭院深深几许"（欧阳修）这些诗句的时候，他们的审美情感已然失去了现实生活的支撑和对照。

农村的年轻一代，则在稍许长大之后，也几乎必然地会进入到城市的楼房里，逐步消泯他们在农家新式庭院里形成的家庭—情感—文化心理，从而造成新的个人—集体—社会心理。

对院子里的生活的温情回忆，恐怕并不能持续到几代人之后。现代化带来了"幸福"的同时，也取缔了一些过去的"幸福感受"。怀旧的情感，正是在这两种幸福之间盛开的一朵蓝色妖姬。它并不属于

所有人，也并非自然而恒久，因此才值得凝视和珍存。

走进庭院的脚步，属于走向记忆的人们。偶然回到院子里的人，也并非来此"把酒话桑麻"。院子的四墙瓶子般隔离开现实的生活，并油然入于时空之中。回归者醺然立于这闭合的舞台上，演出"无计留春住"的惜别之情。而且，很难区分这是初衷，还是剧情所至。

戏剧性的情感，亦真亦幻，实因我们每一个人都是现代生活的演员。

只是在每次梦醒时分，无论在哪里，我们都会"起坐心浩然"，都会"心事浩茫连广宇"，而这正是因为我们离开了院子的庇护，甚至在某种意义上我们也告别了家庭的庇护。城市街头独立的身影、人流中匆忙的步态、列车上虚席以待的空位、蓝天之上的飞机，那正是我们，我们的年轻人、我们的孩子、我们所有的人，由现代社会分派给我们的位置。

一个位置上有许多人。在这些位置上升腾起了现代的情感。

我们重叠在一起；我们的身影重叠，我们的情感相同。

共同的情感，这就是我们今天的院子。这个院子，也同样可以走进走出。

当然，我们时时会有"那一低头的温柔"。在川流不息的马路上，在高楼的阴影下，我们低下头来，看自己的脚面映照出的世界，其中的一幅画面是：

庭院静，空相忆。

但我们还要奔往下一处，我们顾不得停留。我们要的是生活！

赏析

散文是回归，是古今，是天地。因为散文要求真实，因此，散文需要向生活幽深处讨要资源。

这是一篇关于庭院记忆和思考的散文。"庭者，堂前阶也，院者，周坦也。"随着城市化进程的加快，"豆绿桂花立庭院，雨落檐瓦成珠帘"的庭院文化逐渐退出了我们的视野。这是一种必然，也带有一种悲剧性。而悲剧性的美感是永恒的。因为这缺憾带来的淡淡哀伤，会不经意地触碰到我们敏感的神经，并顺着记忆的蔓藤悄悄爬上心头，像曾经庭院里的夜来香散发出的淡淡的香味。

庭院角落，曾经是我们人生最真切最真实的景象。这里有朴素，有从容，有诗意，有烟火，也有四时的颜色所酿造出的一个个细节。这些细节，是一个人记忆深处的温馨，于漫不经心处，呈现给曾经的我们。如今，它却安睡在我们记忆的深处，被四四方方的狭小空间所包裹，被眼前的光怪陆离遮蔽得严严实实。因此，作家捡拾起这些记忆，贴着自己的思考，进行深度整理，这种精神记忆的书写，是对历史的必要补充，这件事本身就很迷人。

（任慧文）

高都赋

　　晋城之高都，行山之重镇。地杰山灵，荟萃精神。古称垂都，始在夏商。青葱郁郁，远风幽幽。丹河风流，垂棘昂藏。下视中原，周览八方。凤凰其飞欤，卧龙其藏乎。观河亭上，逝者如斯夫，永在滔滔来去中；他山书院，古意似清风，有时飒然而至矣。三里一寺，五里一庙，神鬼欣然于天地，人亦精进敬谨。蕴玉生辉和氏璧，古往今来万年桥，多少年，多少事，古之沧桑，今之繁盛。多少言语喧哗镌刻，卧龙却在此默默；多少朝代兴废惆怅，凤凰只在天高洁。兴观群怨，唯赖文人墨客，晋城文墨出此地。家园建设，都在工农商贾，通衢大道在高都。文庙关帝庙东岳庙玉皇庙景德寺北教堂三观庙天王庙龙王庙药王庙，文昌阁春秋阁五虎阁三星阁三义阁奶奶阁魁星阁，概知历史悠久，文化蕴藏，神迹遍地，人民安慰。沃野平平，苍山隐隐。矿藏于地，水流于上。四季分明，星空寥廓。天道有常，温润吉祥。耕读之家相袭，君子之风流传。北极生辉，冀南领袖。晋城关防，豫北屏障。自夏商至隋唐，由民国而今朝，大道沉浮，盛景复来。茶亭一坐叙古今，垂棘山上发幽情。

　　改革开放，周而复始。龙腾垄上，凤鸣晴空。红尘四合，烟云连连。既庶且富，娱乐无疆。乡曲豪举，驰骋四方。一夜之间，风光旖旎。文化之复苏，甘泉若雨下，礼义之固有，磐石斗尘土。探古寻幽，览胜猎奇。佳才高士，横斜逸出。乌金滚滚，出乎想象之上。桑梓情怀，来自大雅宏达。孝悌廉耻，风俗再移人；天人集福，返璞又归真。灵草冬荣夏旺,神木死而复生。览山川之体势,鉴古今之流向。神清气爽,郁郁乎文哉!应天顺人,勃兴之象生。含和吐气,蹈德咏仁。捐金于山前,沉珠于庙内。慈善之心生,优游而自得。体物之情滋,玉润而金声。盛哉乎斯世,大得在人心。

高都建馆,双子毗邻。馆若灵台,又若明堂。宫室光明,阙庭神丽。巍巍乎高哉,其鸣敞亮。其声则澹澹,其色也思温。吐故纳新,激浊扬清。修身立志,正心诚意。置身市廛,珠明玉润。心如明镜,唯谨唯敬。家国一体,在兹念兹。君行正道,翼翼乎如履薄冰;造福乡里,济济乎景从云集。鸿辞正义藏之于内,讷言谨行形之于外,不亦君子乎?煌煌大业自兹始,显赫仁声恢宏久。刻之勒之,思之行之,铭之记之,持之恒之。宜乎天人之道欤。

吾友段君,嘱吾为高都赋。段君神武,书画双精,目有黑瞳,极四方之幽微,胸荡层云,收千山之神韵。吾唯命是从,唯恭唯谨。举心竭力,翻囊倾箧。挥翰墨以奋藻,陈高都之宝藏。敢效龙凤之声,岂系荣辱之誉欤!

赏 析

要赏析这篇赋,首先就应该知道"赋"这种文体的特点。严格地讲,赋不完全是散文,因其虽有散文铺陈直叙的特点,但又不像散文那样零散无韵。这在阅读时尤为重要。自我感觉,在阅读赋时,一定要大声朗读,才能得其韵律。然而,也不意味着我们就要像读诗一样来读赋,赋虽有诗之韵律,但与诗亦有不同。《毛诗正义》说:"诗之直陈其事,不譬喻者,皆赋也。"这里的"直陈"就是散文的特点。也就是说,赋是韵律化了的散文,没有诗中那么多的比兴。知道了这点,我们在阅读时大概就不会望而生畏了。

当你读进去之后，方能体会"赋"之魅力之所在。

《文心雕龙·诠赋》篇："体国经野，义尚光大。"什么意思呢？就是说，赋这种文体自带一种雄伟壮观和富丽堂皇之气。初读这篇《高都赋》，我便被此赋中形式整齐、对偶精工的韵律给吸引了。因为，当我独自吟咏之时，我能深切地感受到文中那时而温婉，时而慷慨，时而舒散，时而激昂的曲调和节奏，仿佛牙齿之间卧有一条蛟龙，舌尖之上刮过半坡松涛，此大气磅礴、雷霆万钧之势的确让人惊叹不已。非但如此，读完之后，亦会有余音袅袅，不绝如缕之感。

当然，这一切都应归功于文中那些优美华丽的辞藻，而这搞藻雕章的能力绝非一日之功，非有溢气坌涌之才气而不能使然。正如清人刘熙载所说的那样，"赋别于诗者，诗辞情少而声情多，赋声情少而辞情多"。故"辞情"当为赋的魅力之所在。

然而，此篇《高都赋》之魅力远非"辞藻华美"一词就能将其概括，其内容之广博，文思之精巧，亦能引人入胜，让人流连忘返。譬如"凤凰其飞欤，卧龙其藏乎"等句，让我感觉到，作者在此赋中极尽夸张之能事，体物抒情、铺张扬厉、浮想联翩，且句式精练、节奏分明、朗朗上口，他恣意驰骋之际为我们绘就了一幅晋城高都之美卷。此卷中，有灵草神木之美，山河壮丽之势，桑梓孝悌之风，文人骚客之雅，庙殿森严，阁堂肃穆，一派仙风神气，久居其间，似乎会"心有尧舜之志，体有乔松之寿"。

动静相宜，点面相契，声色相融，且聚散有致，层次分明，令人耳目一新。读此赋，我仿佛也跟着作者独立于高都之天地间，耳听丹河之流水，目接太行之风物，驻足远眺，望中原之辽阔，看龙凤之呈祥，踟蹰徘徊，久久不能自拔。

（韩山）

我的同学张保龙

张保龙是我在晋东南师专中文班的同学，他是原山西省长治县（现属长治市上党区）荫城镇人。1980年代初期他就开始每日鼓吹"荫城文化"，那时候他还不到二十岁。他带我和其他要好的同学到他家里去住过。虽然吃了那里的饭，喝了那里的水，走了那里的街道，我等并未将荫城放在眼里，也并未能够记得住那里的任何东西，遑论那里的所谓文化。

"荫城文化"的可笑之处正在于它有了这样的一个文化使者：张保龙仿佛一个笨拙而又顽固的骑士，他以挡人视线的宽阔的肩膀和胸膛，以一口明确而又浓烈的荫城口音，以平原般脸孔上的一双蜇人的小眼，以山一般的意志和扎实的知识，碾压所有对荫城的不同意见者。

但他的宽阔的胸中并非只有一个"荫城文化"，他遍阅古今中外的典籍和名著，也曾经创作过不少的小说、散文和诗歌。1990年代中期以后，他所在的国有军工企业从"三线"迁至太原后倒闭，他由一名厂长沦落为一个下岗工人。这却为他提供了一段闲读岁月。相当长的一段时间内，他每天在山西省图书馆钻进钻出。很难想象他那时的阅读心境。他像一个真的骑士那样蔑视生活的和其他一切的困难。

从晋东南师专中文系毕业之后，他当过教师，政工干部，副厂长、厂长；下岗之后，他做过建筑防火材料，进行过文学创作；最近一些年，他从省城太原单身一人回到家乡荫城，在荫城铁器馆做了一名兼解说员、研究员、保管员和策展人于一身的文化人。他从外面带回到家乡来的东西,是他在晋东南师专开始学习,在山西省图书馆加以扩展,在多年的创作中进行了沉淀的全部的知识,以及他的一个笔名或网名:荫成。

度过大半生之后他终于成为"荫城文化"的打捞者、守护人、引领者和组织者。事实上他成了荫城文化的灵魂人物。

荫城是明清两朝晋东南地区的冶炼中心之一和最重要的铁货集散地,号称千年铁府,万里荫城。千年铁府,指其铁货经营时间之久;万里荫城,指其铁货运销地域之广。《潞安府志》言:"上党居万山之中,商贾罕至,且土瘠民贫,所产无几,其奔走什一者,独铁与绸耳。"这"铁与绸"是如何由万山之中销往外界的?在太行山崎岖的山道上,唯肩扛手提耳。潞泽商人经历的艰难困苦,简直令今天的我们无法想象。但这正是张保龙等人企图还原并进一步具体想象的历史情境。

张保龙某一天给我电话,说 7 月 6 日他将带长治的一些学者、作家、艺术家到泽州县晋庙铺镇考察"万里荫城"的通道之一——太行陉。他希望我能组织几个人前去招呼、陪同、交流。于是我叫了李前进和任慧文与他们的大部队会合,在一起活动了近一天时间。

我看到了张保龙是如何扮演一个荫城知识分子的角色的。起初我并未明白他的这一角色,是在活动逐渐展开的过程中渐渐明白的。他们的活动路线是由他事先进行考察和计划的。他们完全围绕着"万里荫城"的主题进行,其他目标概不在内。比如重要的明清驿镇拦车村,因为可能不在"万里荫城"之内,他们只一掠而过。在天井关、大口、小口、碗子城,张保龙都是最权威的古迹古事的解释人、解说员、"万里荫城"文化的阐释者。

这支队伍的核心层是一些真正的荫城人:张保龙、荫城的企业家(有两位)、荫城的志愿服务者们。其他人属于外围人士,他们是"荫城文化"企图感染和同化的对象。张保龙在其中扮演的是灵魂人物。

这是我和我的同伴们的观察。

作为他的老同学，我必须迅速地理解张保龙的新角色及其含义。

和我当年一起参加的高考，以及改革开放的前期进程，使得张保龙离开了家乡，外出进行文化游历达半生之久。在他的前半生，他是一个"游士"。他既读二十四史，又读现代西方文学；他还有对现代军工企业的认知和管理经验。他对现代西方文学的涉猎范围之广，可由他写的《青桐笔记》为证。读了《青桐笔记》的浦歌认为，张保龙与自己的范围相当，而他们二人都远超我的阅读范围。很难想象他这样的一个人，会在21世纪的第二个十年，从省城太原突然转身回到家乡，开始从事"荫城文化"的发掘和建设工作。这是一个从"游士"到"土豪"的剧烈转变。这里的"土豪"亦是在刘仲敬理论的界定上而言的，指的是植根于本土的文化，置身于本土的社会关系、社团关系中的文化人士和实业人士。

张保龙是我所见到的实现了此种转身的第一人。与他的这次会面，令我深有感慨和联想。作为知识分子立身成全的一种路径选择，以及这一选择之于当下社会的含义，我一时还不能完全解悟，只有先行记下，以待机会。

赏 析

这篇文章写的是作者的一个同学，用了先抑后扬的方法。荫城是一个历史文化名镇，但毕竟只是一个日渐同质化了的小地方，但"张保龙仿佛一个笨拙而又顽固的骑士"，每日鼓吹荫城文化。张保龙的形象令人想起文学史上的堂吉诃德。

果然，随着作者的笔触往下，我们发现，主人公张保龙并不简单，他做过教师、厂长、商人，从事过文学创作，既读二十四史，又读现代西方文学。这样一个有着丰富人生阅历的人，却放弃了省城的优渥生活，转而回到家乡从事"荫城文化"的保护与研究。其中含义，大可令人深究。张保龙的形象变得高大了起来。

其实写一个人不是此文的目标，作者要通过一个人来反思一类人的生活选择。由张保龙的人生选择，作者反思知识分子应该如何立身成全，如何把自己的知识和学养转化为实践。

先抑后扬，凸显反差，由一个人上升到一类人，这些写人的方法，你领会了吗？

（姚松青）

> 姚松青，山西晋城人，任教于深圳大学附属坂田学校，中学语文教师。发表的作品有《旺角读语》《北京为什么会遇上西雅图》《我们每个人都是寄生虫》《燕归何处》等。深圳市龙岗区优秀教师。

仙山与大师

几年前，有学者写文章，推论我家乡附近的陵川棋子山为中国围棋发源地。此论一发，颇有一些围棋爱好者前往棋子山寻根问祖。我虽然学围棋稍晚，当时也已经是一个合格的棋迷，可我对棋子山只是神往而已，未曾有机会深入仙山之中。

我更多地为黑白之道所困惑，我像大部分业余爱好者一样，终日沉溺于其中而不知究竟。端坐枰前，快速置子，从而时光易逝，烦恼渐消，这就是围棋之于我，我之于围棋。此外无他。但我也从此领会到，古老的烂柯传说所喻示的"山中方一日，世上已千年"，也许并非虚妄。我觉得此中道理有二：第一，棋局之漫长恰如千年人世；第二，人可以从黑白棋局超越人世而走入永恒的仙界。我觉得，古代的棋手一定有大智慧，他们深知人世间的苦难，以黑白棋局与之对抗。

被认为是围棋发源地的棋子山离我的居住地只有几十公里，可我内心里并不相信仙山只在咫尺之遥，更不相信乘坐现代化的交通工具快速行驶，是进入仙山的恰当方式。所以我迟迟未往。

但十多天以前，我不得不因公务前去棋子山考察。以所谓的公务比之古代智者的隐居，给我以羞惭之感。我一路上的别扭心情，使我不知如何面对三千年前隐居在这里的商末贵族箕子，他在这里仰天观象，布黑白棋子以法阴阳。而我们的公务显得多么无聊呵。

当我和一位政府官员、一位律师一起行驶在棋子山的群峰之间时，我震惊了。寂静的群山给我以警示，使我内心的愧疚在无边的苍绿之

028 / 人是泥捏的

间隐隐发作。我强烈地意识到这是一次冒失的侵入。这和我四年前登上历山主峰舜王坪一样,我被无言的大美刺痛。我深知自己不配领受如此之美。正如老话所说,我有何德何能?然而我的朋友们和我有所不同,政府官员始终专注于我们此行的任务,律师的传呼机一而再地紧急呼叫……他被明确地告知,山中不许久留。我突然想到,无论律师也好,无论我这样的普通人也好,我们都只不过是一些被指派的角色。我到底为何种角色,这要由律师来判定;而我也能清楚地看到,律师们是现代天堂的守门人,他们以他们严密的重重把守,拒绝任何人的进入。

此刻的律师即对山中苍绿毫无所感,他困扰于现实世界的法律纠纷,苍茫大山于他何有?我同时也意识到,律师正是我的又一个自我,他是我内心的阴影,是对大自然的逃避、恐惧和隔膜。他提醒我,我并非像我在言辞之间所表示的那样,倾心于做自然之子。因为我在有一点上并不是完全无知的,那就是现代文明对大自然之美的认识,是建立在人与自然的对立而不是人与自然的融合这样一个基础之上。所谓的天人合一,那属于我们民族的文化理想,正在或已经成为逐渐消泯的弱势文化。

围棋正是属于我们民族的文化之一。在我看来,围棋也正在经历前所未有的痛苦的异化。吴清源时代的自然奔放被李昌镐的精细计算所取代,胜负成为唯一的决定性因素。如果说,吴清源一代面对残酷的胜负顽强地表现了人的精神、人的独立和人的愿望;而今天以李昌镐为代表的新一代棋手则甘心为胜负所同化。一方面,李昌镐以机器般的精确战胜了他所遇到的任何一个对手;另一方面,他最后也将被更为精确的机器所战胜,正像"深蓝"最终战胜卡斯帕罗夫一样。我不禁想到,在电子时代的今天,人类何为?围棋何为?棋手何为?

我一边在棋子山里行驶,一边做着上述无用的沉思,同时我看到山中的寂静正在被大兴土木之声打破。商业文化无处不在的渗透试图将所有一切变为喜剧，这正是发生在我的眼前而我却不知该做何感想的事情。陵川县政府决定开发棋子山的旅游资源。我们此行即是帮助县政府筹划接待国家围棋队总教练聂卫平九段和中国棋院院长陈祖德九段前来参观考察。我意识到所有的价值都将作为商业价值来看待，所有的意义都成为商业意义。面对这些我的心中是不愉快的。但我将第一次有机会面对面地与大师们在棋盘上直接交流，这也使我有一丝欣慰之感。同时我想到，当代大师们将面见仙山，面见三千年围棋文化的浩瀚时空，这本身也构成一道现代的风景线吧。

聂卫平终于要抵达的那天中午，我也混在欢迎的人群之中。先是鼓乐喧天，然后满街响起"欢迎聂棋圣"的喊声，这时聂卫平及其陪同人员出现在宾馆大门口。他身着一套皱皱巴巴的西装，走在他们一行的最前面，快步穿过人群形成的甬道，脸上满是倦容，无可奈何地回应着人们的欢呼声。我目不转睛地盯着这个我所崇敬的棋手。这是我第一次不通过电视目睹他本人。我的第一感觉却并非肃然起敬，我觉得这个人非常令人同情，这么多不了解他的人包围着他，冲着他喊叫，他一定没有丝毫的骄傲和自豪之感，因为他知道绝不会有这么多的人懂得围棋，更没有几个人能够领略他棋盘上大半生的戎马生涯，况且他这个著名的球迷一定在这一天的凌晨收看了世界杯决赛，然后又是一个上午的车马劳顿，他的疲惫可想而知。

一个棋手如果不在棋盘上与人相见，他就只是一个平凡的人，像所有我们这些平常的人一样。聂卫平从我眼前走过的那几秒钟，我仿佛看到了他像我一样的疲惫、厌倦、无聊和空虚。我目送他进入宾馆楼内，心中感到一阵释然，好像总算结束了一个难堪的局面。

午饭过后，他在人们的簇拥之下登上棋子山的各个景点，按照事先的安排说话、题字、签名、做大盘表演等。我没有去，我躺在宾馆的房间里睡觉，我在睡梦中为他担心，想象着他会因为某种我所不知道的原因，容忍或者不能容忍商业活动中的种种事项。

但是，下午一切顺利。棋子山归来的人们把我从梦中惊醒。我没有听到人们说起什么意外的事情。

使我感到意外的事情发生在晚上的活动中。晚上的活动主要有两项，一是聂卫平的签名活动，二是他一对十的多面打。我拿了两张首日封，想要得到他的签名，但是我看到有人拿了几百张首日封请他签，他仿佛被奴役一般，苦着脸，飞快地，机械而无力地划动着手臂。

签名终于结束后，多面打开始了。我是与他对阵的十分之一。我在事先得到忠告，必须摆四个子。其实我出于对他的崇敬，早已决定摆四个子。当我看到我认识的一个小伙子摆了三个子的时候，我想到，现在的年轻人已经再不会像我这样地崇敬任何人。我不知道这样的年轻人是否会比我们更为强大，但我知道，假如有一天他们真的强大起来了，他们所得到的肯定不会是被人崇敬，他们至多是被人承认而已。

我的这盘棋没有发生什么激烈的战斗。我犯了两次大错，但因为让四子的威力实在太大，在接近小官子阶段，我的优势仍然非常明显。我小心翼翼地维持棋局安全运转。聂卫平从布局到最后收官，没有在任何地方无理用强，这正是"行于所当行，止于所不可不止"。这是对棋盘上自然法则的尊重，这是棋道尊严的体现，即使是对如我之类的无名业余棋手，即使在厌倦和疲劳之中，仍然不能玷污棋道的尊严。这就是我从这盘棋上所学到的。

我觉得这个道理适用于更为广泛的人生。当然，很久以前我就知道，我为什么执迷于围棋，为什么执迷于书本和文学，那是因为我要寻求更高的原则，高于生活的原则。

使我感到意外的是，棋局尚未完全结束，却有人宣布比赛中止。

我顿时陷入惊愕之中。我的耳边响起一片暴力的喊叫声，要警察把所有的人赶出会议室，要棋手们立刻把棋子收起。

我不明白为什么突然之间如此暴力。这时有人在背后拉我，原来是电视台的记者在一片混乱之中要我谈谈与"棋圣"对局是否感到荣幸。我想要告诉她，我对这一点没有感到荣幸，我所感到荣幸的是，有人居然能够对围棋容忍了两个小时之久，虽然现在终于不再容忍。

现在设想，如果那位记者不是问我是否感到荣幸，如果她问我在比赛被迫中止后，正坐在不远处的一把椅子上休息的那个人是个何等的棋士，我一定有话可说。我会告诉她，那个正在椅子上坐着的满脸倦容沉默不语的人，是一位能够在棋盘上体现自己美的理想的棋士，他在棋盘上表现了悲壮之美，这是一种最高的美，相当于文学中的悲剧之美。能够在棋盘上实现美的棋士，在我看来20世纪以来只有寥寥可数的几位，他们是木谷实、大竹英雄、武宫正树和眼前的聂卫平等。其中，大竹英雄属于日本所特有的纯净之美，可以比之日本俳句的结实、小巧和韵味；武宫正树是浪漫主义的骑士，是欧洲文化浸染日本的结果，带有教堂建筑的某些根本特征；木谷实与聂卫平棋风相距甚远，在美学理想上却最为接近，他们在棋盘上实现了悲壮之美。

必须说一说为什么上述名单中没有吴清源，这是因为吴清源是进入仙界的人，而仙界并无美丑之分。吴清源从十四岁到日本，毕生接受日本文化的教育，但他却是最富于中国文化特征的人，他属于南华真经的传人。

这盘棋在喧嚣的混乱之中结束了。

我应付完记者的提问，回头四望已经不见了聂卫平。

三天之后我们又迎来了中国棋院院长陈祖德九段。

那天下午，我觉得恐怕短时间内不会再来此地，于是重登棋子山，以便最后一次呼吸山中清凉的气息，以便最后一次登高望远，看一看我到底还能望见什么。

几十辆小轿车排成长蛇阵向山中长驱直入。一路上彩旗飘扬，岗哨林立。到得山中，触目所见，更是热闹非凡。附近村庄的农民都赶来看热闹。我看见人们从对面山梁上走来，后来又翻过那山梁回去。

这些棋子山上的居民，不知他们如何看待自己居住的这座大山。他们的贫穷是显而易见的。更加显而易见的是，这些贫穷的人们将不可能靠吸纳山中的灵仙之气而致富。可能将来有一天，外来的旅游者会给他们带来信息和财富，造成他们新的困惑和向往。也可能不会这样。这都是不容易判断的事情。

当天晚上我又参加了陈祖德一对四的让三子指导棋。因为捡了陈祖德的两个漏招，使得本来我稍差的局面成为我稍好的细棋。这使陈祖德对我有了印象。第二天送别的时候，他还笑着反复提起此事。他为此事笑个不停。

但我知道陈祖德是儒雅之人，我那棋盘的小招数不值一哂……

我现在坐在我的书房里，回想那几天棋盘内外发生的事情，觉得印象已经变淡，也没有什么高论可以总结。此次活动前，我曾拟联一副曰：箕子观天象，围棋大蕴藏。现在想来，还是老话所说棋乃小道，更为确实一些，也未可知。

赏 析

在这篇文章中，作者抒发了对棋子山的崇敬和对围棋的热爱，并融进了自己对人生的哲学思考。作者从不同的视角，对"棋子山的考察"进行了全面而又详细的描写。特别是来棋子山考察的聂卫平与棋盘上的聂卫平之间的那种强烈的反差，前者"脸上满是倦容"，而后者"行于所当行，止于所不可不止"，富含深义，颇可咂摸。

同一事物下的不同认知和不同面目的描写，反映了作者有着异常敏锐的思维触觉，并能从全局上把握事物、认识事物的能力，表现出了作者对自己喜爱的事物有着深入骨髓的思索和无与伦比的热忱。这种深邃的思考还体现在作者假想的那个提问以及随后的自答之中。作者对那些古今中外的优秀棋手所做的美学思考令人印象深刻。

其实，纵观整部散文集，读者们会发现，作者的创作没有囿于某种固定的模式，而是以一种自由的方式抒写着自己对人、社会和自然的理解和感受。但这种自由并不意味着自由散漫，没有约束，而是建立在一定法则之上的自由。古人云七十而从心所欲不逾矩，大概就是这个道理吧。

（韩山）

我的女儿

她拖一只大红箱子回来过年了。那箱子比她本人小不了多少。她穿一件黑蓝的旧外套,是为了抵御火车上的脏。她是一个瘦小的人儿。那只箱子在下火车时被列车员弄断了拉手,所以更难对付了,她还不让我们去接她。一进家门,放下大箱子,她笑嘻嘻给我和她妈一人发一张百元钞票,不知道是啥意思。逗得我们哈哈大笑。我说哪有给长辈发压岁钱的道理,她也不回话,竟自在屋子里转开圈子。这就是她的快乐。她从不像我一样哈哈大笑,她只是脸上现出一些笑容。我的目光在咫尺之间来回追寻着她。看来回家对她也是一种快乐。

她没有毕业就在北京开始打工了。离毕业还有两个月时,她没有回家,从武汉径直跑到北京,在大兴租一个小房间,靠从网上投简历找工作。我从心底里认为不容易找得到。她自己也是这样认为的。她学的是会计,却视会计如仇雠,绝不找那一类的工作。各类图书公司、报社、杂志社、网游公司等等;投递简历和旧文章、面试等等;她使出种种办法。很难想象,她那样一个瘦小的人儿,走在没有人在乎她的人海里,会不丢掉信心。但也许她并不需要信心,只要有自由就够了。她想在北京试试,那就试试,有什么大不了的。终于有一家叫华夏书网的图书公司让她为他们写手机小说。一种千字的微型小说,随兴之所至,任意地编造。数量也很重要,甚至比质量更重要,因为有多少青年需要拿手机小说消磨掉他们枯坐在地铁里的时光。

六月天,挥汗如雨,在顶楼上,她昏天黑地地写,写到腰酸背疼。

一篇十五元。我说这简直是剥削。但她一天能写十好几个。如果一直让她写那玩意,她就能付得起房租和饭钱,就不需要我为她付房租了。她没有怨言,因为她从未想过可以依靠谁。只是太辛苦了。她居然能够吃苦。这是超乎想象的。幸好这样的日子并不长。一个月后,华夏书网通知她去上班。但需要拿毕业证去报到。七月初发毕业证。她沿京广线在北京与武汉之间火速跑一个来回。报到第一天,行李直接放在陌生的公司,赶上了公司的集体旅游。去的是泰山。一下火车,就上汽车,下了汽车,就登泰山。她登上去了,那是没有问题的。她以前体力并不好,还有鼻窦炎,现在却是无往而不能,虽然还是那样瘦小。

实际上她比上初中时候还瘦小些。那时候她略微显得胖一点。大学四年,她独自一人,有时有一二同学做伴,曾去过甘南、湘西、北京、广州、河南等地。她方向感不行,到哪里都辨不清东南西北,但她不怕迷失在这个世界里。她的理想曾经是,也许现在仍然是,可以一个人漫无目的地徜徉在西北的天空底下,或者青海湖边。她说过要去青海湖边睡一觉,睡在草地上,眼望满天星斗。现在她不这样说,不等于她不这样想了。那个破烂不堪的大学,只成为她走世界的又一个出发地,所以根本没什么好留恋的。像一节小的高能电池,她从生活和自由的想象里汲取能量,以至于在心灵的成长上,令她的父母屡屡惊讶不止。除非她回到家里,歪在沙发上,无精打采时,我简直认不出她还是原来的她。

有一回我和朋友去宜昌游玩,顺便去武汉看她,她竟然是先我一天刚从湘西回来。我和她坐在夜晚的武昌洪山广场上,四周是奢华的灯光和人。她像讲别人的故事一样给我讲刚刚经历的湘西之行。在火车上,一个流氓试图骚扰她,她还没来得及吭声,那流氓就被武汉的一位大姐骂得狗血淋头,鼠窜而去。她笑着说武汉女人真厉害。与她同行的那个女同学也很厉害,差点要跟那流氓动起手来。她们都争相要保护她。她的安全感只是因为这吗，我觉得也不尽然。实际上她并不要求这样的保护。比如现在，同在北京的她的男朋友千叮咛万嘱咐，要她不要夜间去北京的街上溜达，他警告她说，你不知道坏人有多少！但他在大兴，她在海淀，大部分时候，他只能在手机电话里监督她。有一天晚上，她的手机不通，那男孩觉得丢了她，从大兴往海淀跑，跑到一座桥上时再给她打电话，电话通了，原来她窝在床上睡了一觉，正准备睡第二觉呢。男孩在电话里大声喊，那我回去了啊……可是没车了……啊，车来了。这是她和他之间可讲可不讲的故事之一，这样的故事多着呢。这对她来说并不意味着太多。她信任自己，也信任他。她从不把爱情当成一根救命稻草。每逢她的母亲跟她说到将来的婚姻大事，她总是说，那是将来，又不是现在，着什么急呢。她有时也说，她可不想结婚。她今年二十三岁了。听起来倒是不小了，但看起来，她还是一个初中生的样子。她像一只不可捉摸的猫一样生活在自身的意志里。她是那样的令所有人喜爱。但她从不认为哪一种爱是理所当然和永恒不变的。她也不依赖那些爱。她在她的小说里写过很多爱情故事，但她知道，爱情只存在于当下的叙述中。她的一位初中同学，与她对坐在我家沙发上，问她写过些啥，她说写爱情，就是写一个女孩爱上一个男孩，那男孩得病了，死了。就是这一类。把那个在科学发展观办公室工作的漂亮女生惊得目瞪口呆。

　　她不光写爱情。她还写了三国系列故事，周瑜、诸葛亮、关羽。三本书，年后上市。每本十万字。勒口处会印上她的简介。她正在写的一本书是《强国崛起》。在她的公司里，人们认为她几乎什么都会写，什么都能写得好，而且写得快。她不假思索地把她二十多年以来对于世界和人们的了解及想象形诸笔墨。与其说那是一种才情，不如说是一种诚实。她只会诚实地对待人和世界，除此之外她并无第二种方式。她曾在博客上引用过杜拉斯的一句话："写小说不是要写出一个故事，而是要写出一切。"以她现在的技艺,她还无法在一篇小说里实现这一观念,但她可以通过很多小说和非小说来实现它。

她的生活和她的写作都是轻盈的。她没有我们这一代人的政治包袱。她不认为天下兴亡与她有关。她影子一般走在城市的街头。她往乞丐的空罐子里投下一张纸币,然后快速地跑开。在家里,她会踩着脚跑动,就像她还是小学生时那样。在北京,她悄无声息地坐在公司办公室的角落里。开会时她被别人的身躯挡得看不见,人们想起她来时,会说小晴你别藏起来啊。实际上她并不隐藏自己,她只是不刻意地显露自己。她加入北漂一族,并不为了什么雄心大志,她只不过觉得回到家乡无事可做罢了。我们早该知道她会这样。但二十多年来她日日出现在我们眼前的样子,使我们觉得她只是一个柔弱的小人儿。我们忽视了她的意志。她两岁半的时候就有过一次离家出走。有天下午忽然不见了她。她的母亲简直吓疯了,去街上疯跑着寻她,却发现她正昂首挺胸向广场方向走去,已经走过了城关供销社。惊问她,要到哪里去,为什么。她语焉不详。更多的时候,她躲在床边,喊她她不答应,让人到处找,最后却发现她就在床边蹲着玩。问她为何不答应,她仍旧语焉不详。从小到大,她是一个人,只不过今天她走得远了一点。在学校,她从不为争夺名次而读书,她只读自己喜欢的书。她就是这样一个人。无论男生女生,都愿意成为她的朋友。我曾经批评她为什么都交的是学习不好的朋友。那是唯一的一次,她将对于我的愤怒藏于心中,在又一次与我发生冲突后给我写了一封信,说我不该瞧不起她的朋友们,令我深自惭愧。

在初中的课堂上,她就开始写写画画。她写各种各样的故事,写满了好几个笔记本,用她那种幼稚到永远长不大的字体。写的是一些稚气可掬的故事。她就是用那样的方式与她所认识的世界开始交往的。当我从满墙的书中指给她她应该读的世界名著,她从未庄严地接过那些书。她只偶尔喜欢上一些作家，但她的喜欢也只是轻轻地，仿佛在书与我之间要留有余地似的。但她给她现在公司的同事们推荐了纳博科夫的《说吧，记忆》、萨特的《波德莱尔》，那是我让她看的书。她甚至推荐了我新出的书《最后一班地铁》，推荐理由居然是：我老爸是当代最好的作家之一，林贤治说的。她工作了多半年，得了两个第一，业绩和创意双料冠军。她在工作日志里这样写道：哇，从小到大头一次得第一，竟然是在公司。下面画了一个不成形状的笑脸。她写的字还是那样难看。

每次回家来的头两天，她怀着不易察觉的兴奋，给我讲一讲，我们分开之后，她在外面的见闻。北京的几任房东、新结交的朋友、公司里的同事、她的男朋友、公交车上的人，她讲得很有趣。她的叙事简练而又传神。通过她的叙述，我认识了她所认识的很多人。有的简直令人难忘。这一次回来，她讲给我一个贫穷而虚荣的姑娘的故事，听起来真令人心酸。还有一位很有才华，总能语出惊人，却非常谦虚的姑娘。她在北京的确认识了很多人。他们来自祖国各地。有的家庭破产了。有的是他们本人失业，消失在了北京的人流中，或者明天就会消失。有的人的家在邮差到达不了的山沟里。他们全都只有通过票贩子，才能赶回老家去过年。听着她异常简单的叙述，你会忽然认识到，生活真的是第一重要的事情。

但她对生活怀有一种不易察觉的疏离之感。她不经意间就把生活叙述成了许多个小故事。当最多两天的兴奋期过后，她又恢复了她惯常的沉默。她像一只猫一样窝在床头看电视。但她会记得给她的男朋友打个电话，问他买到回家的票没有，回答是排了两个半小时的队，买到了。打电话时和放下电话以后，她都没有丝毫担忧的样子。正如她也不想要别人的担忧。

她很快恢复到以前在家时与我调笑无忌的样子，就像我们从未分开过，就像她还在上初中。她就这样轻轻地，轻轻地，回到家里，然后再要走回到路上。她是我的从小到大的女儿。她也像是我的一个幻觉。我从未相信过，她会在不断的变化中成长到如此这般模样。

赏析

看作者写自己的女儿，仿佛跟随作者一起观看女儿一段又一段的生活视频，沉浸在一幕又一幕的回忆中。是的，这篇文章最大的特色就是画面感。鲜活的画面感来源于作者对女儿动作、表情、状态、想法的描绘，对场景的刻画，笔墨不多，但笔笔有力。如作者写"六月天，挥汗如雨，在顶楼上，她昏天黑地地写，写到腰酸背疼"。作者与女儿此时并不在一起，但场景、动作、状态都有了，如电影中的镜头那样如在眼前。

夹叙夹议是文章的另一个特色。边讲女儿的故事，边评论女儿的性格，像是在观看女儿生活视频的同时也忍不住发表一些弹幕，字里行间透露着对女儿干练勇敢自信达观的欣赏。这种叙述和议论的结合，使得文章有肌肉也有骨骼，一个立体的人物便展现在我们面前。

文章的语言风格是为内容服务的，作者的语言干脆利落，恰到好处地配合了人物的干练。如文中这一段："她沿京广线在北京与武汉之间火速跑一个来回。报到第一天，行李直接放在陌生的公司，赶上了公司的集体旅游。去的是泰山。一下火车，就上汽车，下了汽车，就登泰山。她登上去了，那是没有问题的。"语言非常简洁，一点不拖泥带水，人物不拖泥带水的性格也就彰显出来了。

（姚松青）

汾酒，我的北方兄弟

　　山西人大多喝汾酒。当地人喝当地的酒，就像当地人吃脚下泥土里长出的庄稼一样自然，简直没有什么可说的。喝不喝汾酒呢？这根本就是无须问的，因为不可能不喝。

　　只有到了外地，特别是到了南方，遍寻汾酒而不得时，才惊奇地发现，别人也喝酒，喝的竟然不是汾酒，真是咄咄怪事。

　　在南方读书的两年里，除非自己背去酒篓子，否则只能喝各种各样的曲酒。问酒家为何不卖汾酒，酒家答话简直无异于反问：我为什么一定要卖汾酒？

　　于是只好喝曲酒。曲酒香浓，若妇人美艳，也可令人流连。但汾酒的如同北方河流一般的清冽，流淌在肚皮王国的最底下，形成一个"精神的底线"和对比的坐标。它告诉我，曲酒就是曲酒，曲酒之醉只是在异乡的迷茫，汾酒才是酒，醉于汾酒才可回归精神的故乡。

　　南方的秋天，夏日盘桓不去，微风扫不动落叶，遍地黄叶却无肃杀之气。此时最想的，就是喝他一瓶汾酒，以长空北望。汾酒的酒味，如同北方之秋的天空，萧然高远，明镜如水，洗尽铅华，最是人生好境界。

　　今年春天，由家乡晋东南长驱北上，直抵塞外，从内蒙古进入晋西北。此行收获良多，其中之一便是，大口喝酒，痛快淋漓，饱尝了北方的酒意。在喝了蒙古酒，喝了东北酒之后，重入山西，又在黄河边上喝汾酒。

汾酒还是那汾酒，但它所激起我的兴味又有多么不同。

内蒙古高原上孤高不驯的树木；晋西北黄土高原攀爬不尽的黄土塬；黄土地深处出其不意的火红的窗花；宽阔、平静、浑浊的黄河清晰地映照出的朝阳和落日；黄河边上仿佛从土缝里迸发出的河曲民歌……这一切均包藏在浩大的北方的酒意里。只需喝到足够量的汾酒，北方大地便会一改其平时的淡然，自动呈现出其生动的热烈的火红的情谊，就像我家乡的八音会一样，旋转欢腾毫不羞涩地演绎出天地人间，诸般所有。

当然，说到底，酒虽妙品，也因人因地而异。无非就是，某一种酒，常置手边，随取随喝，与你一同经历人生中的事情，时间久了，人与物之间也会生出一些情谊。对我来说，这情谊来自山西某地一个叫作杏花村的地方。所以，我说：

汾酒，我的北方兄弟！

赏 析

有张季鹰的鲈鱼莼菜，有汪曾祺先生的高邮咸鸭蛋，自然会有山西作家的清香甘洌的汾酒。"汾酒才是酒"！都有些"除却巫山不是云"的感觉了，因为作家知道，"醉于汾酒才可回归精神的故乡"。

文字背后是对家乡的致敬和礼赞，是一如既往至死不渝的挚爱。

曲酒与汾酒，正像郁达夫《故都的秋》中的"北国之秋"与"南国之秋"，"正像是黄酒之于白干"。

至于"时间久了，人与物之间也会生出一些情谊"，这是人与自然关系的一个隐喻吧。

（崔刘锋）

崔刘锋，山西阳城人，中学语文教师。现任职于晋城市泽州一中，晋城市模范教师。先后有散文《五月榴花照眼明》《平城落雪，凤城落雨》，小说《老板，再来一盘凉拌苦瓜》《世道人心》和文学评论《所有的疼痛都在看不见的地方》《寻找相对最像的〈太行娘亲〉》《费孝通〈乡土中国〉与葛水平〈活水〉的互证》《从京剧〈锁麟囊〉看文学作品的价值取向》等作品发表。

文化宫

那时候我们常到文化宫看电影。看电影的地方主要有两个，一是人民电影院，二是工人文化宫，我们叫它文化宫。电影院在广场，文化宫在大十字，实际也就是一条街道的两头。这就是县城了。电影院对面有一个戏院，但我们从不看戏，只看电影。

文化宫比电影院还要脏一百倍。但我们乐滋滋地坐在脏不拉叽又破烂不堪的座位上，一眼不落地看完每一部已经看过许多遍的新老电影。我们对那些电影熟悉到比对我们家都熟悉。我们任何时候都知道下一个出场的人物是谁，他会先说哪一句台词。因此，跟我一起去看电影的崔培林总要嚷嚷着说，谁谁谁来了。这让我比较讨厌。虽然我也知道谁谁谁要来了，但我愿意佯装不知道，这样我就能充分享受影像世界带给我的意外之喜。我对崔培林说，就数你能？崔培林用胳膊肘击我一下，不轻不重，算是一个合理的报复。但从此他就不吭声了，我就又能憋足气，享受电影带给我的快乐。在每一个该笑的地方，我都笑出声来。我听见崔培林也笑了。于是我就更加满意了，觉得这才是在看电影。

终场以后，我喜欢看到片尾字幕和片尾音乐放完再离场，但大部分人，包括崔培林在内，都跟我不一样，他们来看电影，仿佛只是为了尽早离开似的，音乐还响着，字幕还在缓慢地挪动着，他们就纷纷站立起来，挡住我面前的银幕，争先恐后地朝门口挤去。崔培林当然会伸手拉我，而我往往也会不顾内心的意愿，站起来跟他走，一边走一边一步一回头，怀着无限的眷恋，被周围的人流冲来撞去。不一会儿，灯光大亮，激动人心的银幕突然现出了它只是一块白布的原形——放映员中断了放映。此刻，下一场的观众已经挤在门口，急不可耐了。

　　出来以后，我们在昏暗的路灯下寻找我们的自行车。那时候虽然汽车还不算多，但自行车说实话是不少的，要找见我们的自行车，并不是瞅一眼就能做到的事，而且丢车的事是经常会发生的，因此，每一次寻找自行车时的心情都伴有一点紧张，生怕会出什么意外。这一次也一样。我明明记得自行车就是存在那个地方的，那地方现在却是黑咕隆咚一块小空地，上面根本没有立着我们的自行车。我大声叫道，培林啊，自行车不见了！培林也慌了，急得团团转。忽然，他笑了，指着两米开外的墙边说，那不是我们的自行车吗？我一看果然它在那里。我和培林都很疑惑：自行车怎么自个儿就跑到那里去了呢？但我们顾不得管那么多了，我们得骑上它回家了。

　　我和培林不住在县城里，我们的家在五里外的乡下。为了这场电影，我们逃掉下午第二节课，我们千方百计从我奶奶那里骗取信任，借出了我家的这辆永久牌绿色自行车。那种绿色就是所谓的邮政绿，除了县城里的邮差，方圆邻近也就我家有这么一辆。培林骑上我家的绿色永久车，把我驮在后面，我们在黑暗中，一鼓作气就奔到了水泥厂坡下。他气喘喘喘地告诉我说，让我不要下车，他的意思是他可以把我驮到这条一里半长坡的坡顶。我当然乐意。我从后面搂住他的腰，任他把自行车骑了无数个S形，因为不骑成S形是根本到达不了坡顶的。

　　夜晚的公路上，只有我们两个人。公路左边是发出阵阵虫声的看不见的庄稼地，公路右边是黑魆魆的一座水泥厂，公路上是崔培林的喘气声。我们像每一次一样，没有半途而废，艰难而又顺利地冲上了坡顶。崔培林说，上来了，然后，他的腰就挺直了。我也就松开了搂住他的腰的手，我像他一样也松了一口气。我想起今晚电影里一个好笑的场景，想跟他说一说，但考虑到他刚刚爬完坡，可能没有像我一样遐想的闲情，于是我咽回了我的话，只在我的心底一个人咀嚼着那个场景的不可言喻的妙味。这时我听见培林在前面问我是不是睡着了，我说没有呀。

当我们爬上了最后一道小坡，也就是供销社旁边那道坡，我们终于驶入了最后一小截归家的坦途，再走几十米，拐一个弯，就到了我们家了。我们会蹑手蹑脚地把自行车推进家门，不让我父母听见任何声响。然后，崔培林会像一只老鼠那样溜回他们家。至于明天，我的父母会不会盘查我今晚的行动，那不是今晚需要考虑的事情。总之，上了供销社的坡，就等于完成了这一次的文化宫电影之旅。

就在此时，只听"扑通"一声响，我们掉下去了。我们不知道我们掉到哪里去了，我们到底听见"扑通"声了没有都难说——那只是第二天我们向同学们叙述我们的传奇经历时必须使用的说法。天黑得伸手不见五指，我们不知自己身处何地。自行车不见了。我和崔培林通过呼唤和触摸找见了对方，却没有找见我们的自行车。原来我们跌坐在路上，相距并不太远。当我们离开莫名其妙的坠落带给我们的震惊，稍微镇定下来后，天上的星星帮我们照亮了一点路面，我们发现自行车就在我们的屁股底下，它竟然钻到地底下去了。那一定是一个为了埋电线杆子的坑，我们的自行车与那个坑一般长短。我那邮政绿的自行车啊，它像一只狗一样静卧坑中，绿莹莹的，像一只绿毛狗一样一声不响，惹得我和崔培林坐在马路上哈哈大笑起来。

就这样，我、崔培林和自行车，全都毫发无损。第二天，我们肯定给同学们讲了这个故事。当然会有同学不相信，因为总有一些什么都不相信的人，但我们不费事就找见并指认出了那个坑，原来它就在我们学校大门外的路边上，只是如果我们没有掉进去过，我们就不会注意到它。尽管已经站在了坑前，低头就能看见它空空如也的样子，不相信的同学仍旧不相信，他们说那个坑太小了，根本装不下一辆自行车。我和崔培林气愤地跟他们争论。他们说如果一定要让他们相信，就得把那辆自行车骑来，把昨晚的经历重演一遍才行。他们甚至质疑我们到底有没有去文化宫看电影。他们的怀疑精神到了这一步，可把我气得够呛。我真想重演一遍，以便说服那些顽固不化的家伙，但自行车并不是想骑就能骑出来的。后来这事也就给淡忘了，直到今天才重新想起来。

赏 析

  每个人都有过往，有过去了的一些人和事。当回头张望，他们像老电影一样，熠熠发光。

  逃课、看电影、找自行车、骑自行车、摔跤、斗嘴，《文化宫》里全是故事，每一个都像暗夜里放出光芒的荧幕情节一样，摄你魂魄。

  看电影时，"就数你能""胳膊肘击我一下"叫你忍俊不禁；骑自行车"莫名其妙地坠落"，"通过呼唤和触摸找见了对方"让你几乎笑出眼泪；找不见自行车时，你跟着紧张；和不相信的同学争论，你也无奈；看完电影"一边走一边一步一回头"，自行车驮人上坡骑无数个S形，那画面感，啧啧……

  全是细节，数不过来的细节。任何事物，都是靠细节取胜。

  源自亲身经历的细节，有生活基础，真实又有个性意味，感染力极强。

  可以想象，过往细节大大小小，散落一地，如同遍地鲜花，星星点点照眼明。作者只撷取最亮的这些，作为典型，然后巧妙地用"文化宫"这个点绾结起来，呈现在你面前。

电影是好多人的"第一梦"，也是好多人的"最后一梦"。不同的是，在那个文化生活贫乏的年代，坐在"脏不拉叽又破烂不堪"的文化宫里，几部看了又看的新老电影就可以让作者他们"乐滋滋"地一再"咀嚼"；在现在这个物质极度丰富的时代，我们却需要不时回望，在自编自导自演的过往故事里，靠自己那"老电影"所发出的光，来照亮黯淡。

（马艳芝）

> 马艳芝，山西晋城人。任教于山西省晋城市第一中学校，中学语文教师。曾获"省德育渗透教学能手""教育工作先进个人""模范教师"等荣誉称号，有作品先后在《教学与管理》《语文报》等刊物上发表。

爆竹的记忆

小时候过年,最大的乐事是放炮。尚未进入腊月就开始一分二分地攒钱,为的就是买鞭炮。鞭炮终于买上,把它藏到一个安全妥当的地方,每天都前去查看,看看还在不在,少了没有。这样的一种揪心般的幸福一直漫长地持续着,直到大年初一早上。

大年初一,天刚蒙蒙亮,父亲已经起床,在外面放了三响大雷炮。那是开门炮。新的一年的大门算是响亮地开启了。在母亲的吆喝声中,我们也睡眼惺忪地,然而却是兴奋无比地从床上爬起,穿好新衣服,从自己的鞭上揪下几个小炮,穿过父亲三声开门炮的余响,走出门去,进入了新的一年之中。

不论谁家的孩子,每人都只有一挂一百响顶多二百响的小鞭。要想让悠扬的炮声贯穿整个新年,就只有把鞭拆开,一个个小炮单独来放。这样你就可以一百次二百次地发出自己的声音。在响彻整个天空的巨大声响中,弄出自己的声音,这仿佛成了我们对这个世界最初的发言。

我们所有的人都是这样,没有例外,因为所有的人家都是穷人,所有的孩子都是穷人的孩子。我们最为奢侈的享受是挤着看谁家父亲高高挑起一挂鞭,点燃了,连续的爆响开始了,我们一窝蜂涌到那位父亲的脚下,拼命抢拾那些没有放响的小炮,我们不顾头顶上正在燃放的鞭炮,不顾大人们夹杂着嬉笑声的呵斥。

到临近早饭,家家户户门前只剩下落红缤纷。与凌晨时分连续不断的爆响相比，此刻是难以忍受的寂静。成群结队的孩子逡巡在各家门前，大家低着头，仔细地搜索，指望着能有意外的收获，但是，除非特别幸运，你不可能有所发现。这时候，你就只好动用自己的库存。从口袋里摸出一枚小炮，迅速地点燃，把它抛向别的孩子，那孩子还没有来得及躲开，小炮已凌空炸响。

这时候听到母亲歌声一般嘹亮的叫声，那是开早饭了。这样也好，口袋里剩余还多，吃过早饭，慢慢来放。整整盼望了一年的春节，就是这样轰轰烈烈地来到了。我们在灶台边上端起饭碗，看一看的确是一年一次不掺粗粮的香喷喷的油茶，而且心中又不由得想到中午的饺子，便满心里都是高兴。

不知为什么，奶奶却跟母亲说："唉，又是一年了！"母亲居然响应道："唉，年年难过年年过。"奶奶和母亲总是这样的悲观主义者，她们对任何事情都无动于衷。她们给全家人做新衣服，做饭，做春节待客用的所有的一切，她们从腊月忙到正月，差不多有半个冬天都是为了准备过年，然而当这一天终于到来时，她们就开始了长吁短叹。这是我们难以理解，也不愿意去理解的，我们只一心想着要去放炮。

那时的春节总是要下雪的，不知为什么。年三十下午，天空就开始变得阴沉，黑夜早早来到。一盏昏黄的灯下，你悄然挤坐在兄弟们中间，在父亲的威严之下，兄弟们心领神会地互相瞅来瞅去，盼望着父亲大人能突然下达命令，让你们现在就穿起已经放在各人枕头边的新衣服，并允许你们整夜不睡，那有多好。但这每年等待的命令却从未下达过。父亲大人总是突然吼道："去睡吧，明天早早起床！"这样你就只能在睡梦中预期着初一早上的银装素裹。这样的预期与父亲从未下达过的命令不同，它倒是几乎每次都实现了。

于是，初一早上，我们就在雪中放炮。大雪压落一年的尘埃，使得炮声更加响亮悠扬。

我们这些还未能知晓苦难的孩子们，欢天喜地地置身于穷人的狂欢节里，我们成群结队地把白雪踏得脏污。我们从村子东头跑到西头，再跑回来，我们跑进每一个院子，再跑出来……我们都成了自由主义者，我们最讨厌谁家大人在这时候训斥我们，我们简直无法无天。只有一桩事情令我们不满，那就是口袋里的鞭炮越来越少，然而，我们像小动物一样尚不能预知未来，我们以为明天还会有的，因为我们老是听说：面包会有的，牛奶会有的。

　　然而，情况突然变化了。仅仅过了一天，第二天就已经是正月初二！大年过完了，这真不可思议。带着自己剩余不多的存货，踏着已成污泥的雪水，我们走出门去，想要再次置身于前一天的热闹之中。但是，你听到的是死一般的寂静，偶尔谁家院子里传出微弱的似有似无的一声、两声，也徒然只衬托出寂静有多么寂静。而且，前一天的伙伴们也都找不见了，他们大部分都去了他们的姥姥家，他们可能正在无情无义地与那里的孩子一起燃放鞭炮。

　　这时，你只有亲手点燃已寥寥无几的自己的"鞭"，它们的响声像夏日夜空的流星一样变得无法挽留，任你怎样焦急地摸索遍所有的口袋，里面确实已经空空如也，于是，永恒的懊丧终于又来临了，欢乐如此迅速地被替换，就连等待的希望也消失了，因为下一个春节还遥遥无期……

赏　析

　　那一声爆竹，声起声落，宣告人生的喧嚣和冷寂。
　　那一声叹息，时有时无，指向生活的琐碎与厚重。
　　那一声呵斥，或高或低，昭示生存的锋利和艰难。
　　这哪是写什么爆竹和大年，这分明是写理想与现实、热闹与冷清、成长与消逝。

"还未能知晓苦难的孩子们,欢天喜地置身于穷人的狂欢节里",想在这个世界里留下自己"最初的发言"。

他们不理解,也不愿去理解奶奶和母亲为什么唉声叹气,不明白也没想去明白为什么"她们对任何事情都无动于衷"。

他们等待父亲的开门炮,等待"穿起已经放在各人枕头边的新衣服"。

生活的无奈和不易全都被大人的隐忍和担当消解。

在貌似欢快的新年爆竹记忆里,处处流淌着作者对幼年时光的无限感伤。那家家户户门前的落红,那压落一年尘埃的大雪,那已成污泥的雪水,那些初二就找不见了的伙伴们……

真的文字有力量。这真,不限于所写内容的真实可信,更是基于内心深处的真情实感。有爱,你才能有敏锐的感知能力,才能体察到生活的幽微与不幸,能像聆听青草和松鼠心跳的声音一样,听出那一声爆竹起落,那一声叹息有无,那一声呵斥轻重里的无限深意。

(马艳芝)

放逸于丘山之道

"段生龙书画艺术展"在晋城美术馆展出,开展那天(2004年12月8日)我去晚了,未能赶上开幕式,但仍然感受到现场热烈、喜庆、高雅的气氛,节日一般在展厅里洋溢着。遇到了很多熟人,招呼都打不过来。小城市的文化盛事正当如此,像一个大型的沙龙。老段再次成了新闻人物。2009年在北京有过一次,我也专程前去参加了。此时的老段,站在人群中,一副手足无措的样子。那是艺术家回到了人群中的模样,也有几分接受同行检验时的虔诚和惶恐。

段生龙的画我是熟悉的。我和几个亲近的朋友经常会到他家里去看他的新作。老段的新作如同山泉一般不停地冒出来。每当他从山里写生回来,茶余酒后到他家里观画,成了我们之间的一个保留节目。那种时候,老段像一块会说话的石头,站在家中,坚硬,锐利,裸露,不修边幅,头发蓬乱,一抬手就会带来王莽岭、黑毛沟、石板岩上的风,而他的手总在不停地挥舞着,挥舞着,山风从他的指缝间朝我们吹拂过来。他惯常的姿势是双手在空中收拢,像把一座山、一条河、一种开阔,缩于双掌之间。他在描述他作画的过程和想法。他那望向我们的黑的眸子,充满了相当热烈的渴望和几乎确切的含义,如同兽的眼睛那般率直,他那是在强烈地要求人们进入到他的艺术世界之中,与他共享他的山水和笔墨的意义。可惜我这个艺术界之外的人时常达不到他的希望,但我也在观看、感受和思考着。这么多年来一直如此。

近些年来老段一直待在山里，每日写生不辍，数年如一日。他已经不是一个城里人。仅我去看过他的地方就有王莽岭、锡崖沟、马圪当、石板岩等地，还有一些是我到达不了的地方，比如陵川抱犊沟等人迹难至之地。他一个人待在山里，每日行十数里甚至数十里山路，寻找写生之地。他的孤独、喜悦和苦恼，像一股炊烟在山坳间，在他一个人的头顶上起落着，它表示人类的、艺术的气息，是如何"诗意地栖居在大地上"。他的蓬乱的头发和日渐花白的胡子，表明生命的诗意之苍凉的面相。每次去看过他，我都会感叹，艺术家的浪漫情怀可不如我们想象的那般快乐，山居生活的苦楚也确非常人可知。如果说我们的孤独感是由现代城市的热闹所制造出来的，那么，段生龙在已经去除了城市生活甚至家庭生活的参照之后，他的那种艺术的孤独和果敢精神，也实非我们可作所谓的同情之了解。

但老段很高兴自己被人称作苦行派，或者像赵力忠老先生所说的"苦学派"。苦学派的渊源可追至李可染，李可染说自己一生苦学，辛苦学画，辛苦研究，而不仅是画画。老段的老师姜宝林曾是李可染的弟子，这样通过苦学的精神，老段得以置身于一个文化的传统之中。在谈起这些的时候，老段明亮的双眼所透出的渴望，就像一个孩子在寻找自己的家。

这是一个自小失去了亲生母亲的孩子，他终以一生的苦学得以存身于世。他知道有必要为自己争取到一个角色，这个角色就是画家。无上的光荣只在于此。因此，画家并非只是一个职业、一项技艺、一种传统，而是存在的根基，所有的一切，生命本身。老段惯常酒后放言，姿浪笑谑，几有阮籍神形。我的青年作家朋友浦歌见状大惊，曾说那个画家一个人演了一台莎士比亚的悲剧。眼泪和灿烂的笑容，生命的悲苦和对命运的感恩，在老段的脸上像天空上的事物一样瞬间转换，合情合理。这就是老段。他的苦学和才情，如同一根陷于肉中的针刺，促使他奔走起坐，也令他感到欢欣，看见希望。他自言，他的画展是他学画五十年的一次汇报。他可能并不觉得五十年有什么了不得。他的身上始终活跃着一个奋发的少年。

　　单以中国画传统论，写生只是晚近才有的一个概念、一种训练。画家不必日日写生，写到一定时候即可胸中自有，然后在画室里挥毫即可。经营山水，安排远近，写物造人，都在一念之间。老段却并不如此。他一定要到山里写生去。我猜这和他对自身的角色塑造有关，和他对一个画家行为的界定有关。如果你是一个画家，你就一定得切近具体的事物。事物的清新之感，山里的草树、空气、虫鸟、石头和人，要求一个画家与它们为伍，否则，它们就会呼喊和咒骂，画家于是便不得安生。高更前往塔希提岛时就是听见了这样的呼喊和咒骂，受不了这样的折磨。我曾在石板岩有幸结识老段的房东小王，在王莽岭上认识了他的酒友老郭，在双底村见识到农妇们在村中的时新生活。实际上老段每在一地，几乎所有当地的居民都会与他相互熟悉，相互嬉笑如邻居。我在去看望他的极短暂的时间里也会喜欢上这种置身于人民中间的感觉。但我带着一种莫名其妙的自我感动很快离去了，留下老段一个人在那里。但他不是一个人，离去的人才是孤独者，并且他要重新回到离心离德的城市，过惶惶不安的生活。艺术家则留在了人群中，置身于茂密的具体事物中间，他的艺术的触角得以健康地生长出来，保证他随时灵感来袭，心身一统。

　　老段的山水画不是经营和安排出来的，也不是模仿来的，而是直接得之于造化。他的画有一种"生"的气息，生机，生动，原发，不与人相似，不似曾相识。他的画亦不强求所谓的深远高远之境。大自然于他只是亲爱，他于大自然则如小儿那般。他画画、写生、与自然应答，以保证这一亲密关系的持存。他的大画、长卷，追求连绵起伏、远近盘桓、勾连复杂的音乐效果；他的小画单纯、润泽，仿能留得住枝叶上露珠那么新鲜。他的书法功底很好。他相信中国画是"写"出来的,而不是"画"出来的,这也是很多人的一个信条。他"写"出了无数枝条、劲草、山形之侧、人及其住屋、流泉飞瀑等等。老段的画语宁静,涵虚摄静,不事喧腾,空山不见人,随意春芳歇。但是丘山之道上,亦有酒神出没。老段善饮,写时饮,画时饮,无日不饮,醉于此道中,他不只求索画艺,甚或超越了爱。

离开市廛尘嚣,放逸于丘山旷野,相与者人民,相得者均为有益,耳闻花声鸟语,目睹阴晴昏晓,自在往还,不倦如兽,搁笔可无言,起坐有禅机。如此,艺术哪还有什么秘密,艺术的灵感和机要就在麻密日子里,在崎岖长路上等着那艺人,只要他真心耐心地面对,寻觅,并愿意觉醒;只要他像老段这样,一眼看破那繁华,转身问道于郊野。如此,中国山水画的旷野审美,一种奇特的宇宙观,才赋予了艺术家一双可作现代逍遥游的翅子,他于是得以超越所有。

这就是我所想象段生龙的山中岁月,以及他为何画画,他的画何以就画成了。

赏 析

摄影界有句名言:如果你拍得不够好,那是因为你靠得不够近。

读《放逸于丘山之道》,发现作者敢写这篇文章,是近距离了解体悟过的。因为了解体悟,所以真实、有温度。通过这真实而有温度的文字,我们发现画家画画,也靠与所画之物靠近。

"他一定要到山里写生去","一直待在山里,每日写生不辍,数年如一日",而且是"一个人待在山里,每日行十数里甚至数十里山路,寻找写生之地"。

画家"很高兴自己被人称作苦行派",高兴自己"已经不是一个城里人"。

因此，画家的画"有一种'生'的气息，生机，生动，原发，不与人相似，不似曾相识"。

里尔克认为审美批评的文字多是一偏之见，他说，艺术品都是源于无穷的寂寞，只有爱能够理解它们，把握住它们，认识它们的价值。

有爱，才愿意靠近。

才能够"像一块会说话的石头"，"一抬手就会带来王莽岭、黑毛沟、石板岩上的风"。

才会有"眼泪和灿烂的笑容"，如肉中刺，"奔走起坐，看见希望"。

作者说画家的身上"始终活跃着一个奋发的少年"，他的"明亮的双眼所透出的渴望，就像一个孩子在寻找自己的家"。不够近，没有爱，谁敢对一个人说这些话？

他欣慰画家"置身于茂密的具体事物中间，艺术的触角得以健康地生长出来"。这是艺术之道，抑或同时也是生活之道吗？

（马艳芝）

青春与母校的献礼

我的母校晋东南师专要举行建校四十周年、复校二十周年校庆。我先前已经听到这一消息，也曾经考虑过，到校庆日，要不要回去参加这一隆重庆典。但我至今没有拿定主意，因为我顾虑重重，我觉得自己仿佛是母校的一个卑微的儿子，何况现今也已老丑，跻身于盛大豪华的场面似有不宜。

不想今天又收到母校寄来的征稿通知，要求我写一篇文章，以追忆当年在校的三年生活。这又勾起我的羞惭之心。如果我这样的人也算有一段知识生涯的话，那么我的知识生涯的起点只能是发生于我的母校。母校是当年青春年少之时追求知识与正义的纯真之地，但是这多少年来我所能拿出的报答有几何呢？我或许可以用别人说过的话，"我只是一个乞美的丐人"，我望着天空，双手空空。

我后来也走过一些地方，去过别的一些城市，也去过别的一些大学。我在各处都不自禁地想起我的母校。和我后来所经历所见过的相比，我的母校是小小的、简朴的，在这个喧声四起的越来越大的世界上，她甚至是沉默的。我有时能在异地在繁华的都市里见到我的同学，我们用近乎沉默的语言谈论我们共同拥有的。在那样的时候，我们躲避四面八方吹来的风，我们握紧只有我们才能认识的珍贵的宝藏。在那样的时候，我才懂得，正是因为世界之辽阔，我们无法舍弃我们的过去。

实际上，我从来没有远离过我们的母校。我曾无数次回到那块小小的土地，回到当年尘土飞扬的操场，看着像我当年一样年轻的男孩和女孩们在操场上跳跃；回到留有我足迹的校园甬道上，以寻找那早已远逝的青春；我也曾去拜访过我的老师们，他们有的看起来显得苍老了一些，但这只是他们唯一的变化……每次我走到校门口，我都觉得我能一览无遗地看到学校所发生的所有的变化。当我走在我住过的那间寝室的窗口下时，我听到篮球穿窗而过时，玻璃发出的可怕的碎裂声，其中还夹杂着大风吹过、白雪飘落的声音。

我想，如果我要告诉人们关于青春与母校的真正的主题，我唯一的办法是用已经多少年羞于使用的诗歌的语言。我在母校的时候喜欢读诗，并且还大胆地写诗。虽然我最终没有成为诗人，但我从那时起就对诗歌一往情深。多年之后当我站在我的宿舍的窗口下时，我暗暗吟咏的正是波德莱尔诗中的两行：

　　我的青春只是黑暗的暴风雨，
　　到处看到斜射过辉煌的阳光。

波德莱尔诅咒"时间侵蚀生命"，他所唱的青春的挽歌是无与伦比的。我以此来祭奠我和我的同学们在校园里消磨掉的青春年华。

我真正的读书生涯是从母校开始的。我在母校刚刚筹建的图书馆里消磨了三年中的大部分时光。那座图书馆是把两排教室用一条走廊相连。这样，一面的教室是书库，另一面是阅览室。因为在那以前我从未见过别的图书馆，所以觉得那里面的书多得令人惊讶。借阅的规定是每人每次只能借一本书，而且不得进入书库，只能填好借书卡交给管理员，管理员根据书名和编号去书库查找这本书。这道手续有时需要很久的时间，而且很久之后，你得到的回答也许还可能是，你要借的书已经被别人借走。这是非常令人绝望的事情。这可能因为当时书的种类少，副本更少。甚至连阅览室也是只能一次借阅一本书，而阅览室开放的时间又非常有限，为了保证自己借阅的这本书在下次进入阅览室时还能借到，我们这些学生便和管理人员套近乎。我用这样的办法甚至于能做到阅览室不开放的时候也能躲在里面读书，这使我受益匪浅。我终生热爱的一些作家就是首先在这座简陋的图书馆里结识的。比如，托尔斯泰、尼采、卡夫卡、普鲁斯特、加缪、萨特、乔伊斯、弗洛伊德等。我在那里读了他们少量的作品，有的甚至就是一些片段，这些作品闪电般地将我击中之后，却使我终生不能自拔。

我在师专第二年有机会去了一趟南开大学，见到南开图书馆宏伟的外观，令我不胜向往。我当时觉得那才是我本来应当待的地方。回来重又看到本校由两排教室连成的图书馆，心中愤愤不平，很是感觉世道不公。但是当我一旦重新跨进我们的阅览室，看到那些我尚未读完的书，和管理员阿姨们和善的笑容，我立刻找回了短暂迷失在南开大学校园里的感觉。

青年时代的愤世嫉俗、青年时代遗世而独立的梦想，使得我只信奉诗歌和美的真理。我当时并未结识法兰西的神授诗人兰波，很久以后认识了的兰波也许只是让我对已成过去的青春重作构想。现在想来，他那永久传诵的名句不正是在母校时候的我刻骨铭心而却未能说出的理想吗？"生活在别处"，是的，生活在别处，青春并非一种生活的经验，青春只是对生活的遥望，那时的我们伫立在高于生活的顶端，充满了激情和希望，也许更多的是绝望，那是一种多么令人怀想的绝望之情呵——而现在的我却已经连绝望也不再拥有。

那时候我在现在属于师专附中的那座教学楼里上课，我们每个班都有只属于自己的一间教室，就像我们在中学时一样。自己的教室、自己的位置、自己的课桌、自己的老师……我们安静而又兴奋地守护着属于我们自己的一切，同时从我们所在的位置遥望着我们的理想。老师来了，他们站立在狭窄的讲台上，给我们传授知识和学问；而我个子矮小却坐在教室的后排，穿过前面同学的后背看到了远处的老师，我觉得他所讲的只是属于他的知识和学问，并非我所要求我所向往我夸张了的内心饥渴所急需的。那时的我不懂得珍惜，我不懂得为了前行我们必须有驻留。在以后的若干年里，我曾有过一丝淡淡的懊悔相伴，但现在，懊悔也已消逝，过去的所有事情都变得干净、清爽、明朗、深邃，因为我现在已处在人生之秋，我注视大自然和人生双重的秋天，我不再吟咏兰波的"生活在别处"，对我来说生活已然来临。

如果说现在我没有也不企望拥有别的，但至少有一样东西是属于我的，那就是回忆。尼采曾以太阳神和酒神来理解双峰并峙的人生，而对现在的我来说，回忆就是我高贵的酒神。我在前些年的一篇文章中说过："但我以为一切都将在回忆中重放光芒，青春的本质将随着记忆的漫长深入无穷无尽地显示出来，关键是要获得那沉潜于记忆之河中的自由的泳姿。"我还写道："枯萎的花儿并不期待速死，枯萎的花儿凝聚着盛开时期的全部记忆。花儿的自我责备将毁坏她回忆时的容颜。"这就是我拒绝那种普遍的悔恨心理的策略之一。我以为："因为自我意识的缺乏而把一切承担在身的悔恨，是一种深刻的误会。"

在我的回忆之中，母校三年的生活和学习始终占有非常特殊的位置。二十年岁前后的三年对人生意味着什么，这是无论什么样的纸笔和雄辩都无以解说的。

闭上眼睛我就能看到露天食堂熙熙攘攘的人群；抿掉香烟我能闻到住过的寝室里那股我将携带终生的味道；对于那些我曾经仰慕过的女同学我仍然追怀不已，虽然她们有的已经发福、衰老，有的像《战争与和平》结局时的娜塔莎一样为家务事操劳和嚷叫，但她们所给予我的是任何明星和偶像都无以替代的青春少女的典范，她们是我私人相册里的经典之作，她们参与创造了我关于女性美的情感、观念和理想……至于师生之间的情感，我更觉得是无法言表的一种秘密。和我有过深厚私交的一位老师于几年前逝世，每逢想起他生前的容颜我都震惊不已，我和别的老师一起追悼和缅怀他，但我无法向局外人，那些并非我的老师和同学的人，讲述我的悲痛与震惊，因为这只是我们母校、老师、同学之间的情感……后来我想，是老师给予我关怀和教导，使我从一个卑贱的少年成长为充满自信、尊严和骄傲的青年人，这是我一生中的又一个起点，是我生命中的又一个开端，而我用一辈子的时间都难以表白我对启蒙者的感激之情。

有一点使我感到欣慰，那就是我至今还是一个从事写作的人，我在用母校给予我的东西谋生，今后也将不会改变。

今天，一个出身于母校的人将注视着母校庆祝自己四十岁的生日，我内心的愿望是要奉献给母校一些东西，但是像我在前面已经说过的，我只是一个两手空空的人，我大概终将无所奉献……

所以，最后，我只能以我的微薄之声祝母校昌盛、慈爱、壮大。

赏 析

通过追忆母校里曾发生的点点滴滴，来祭奠自己欣然而逝的青春，来揭示"知识"带给自己的改变，这篇《青春与母校的献礼》写得文采飞扬、晶莹剔透，如同春天的池塘里吐出的一块薄薄的寒冰，既给人以回忆的温暖，又给人以美的享受，或许，还有一些关于生命的启迪。因为"青春"与"母校"和"童年"一样，都会带给人们无穷无尽的回忆，仿佛它们是生命里"回忆曲线"的峰值，是"回忆的大本营"，人生其后的发展（包括回忆）都可以在这里找到一丝一缕的联系，用来为"现在的自己"做一些辩护。

许多人的青春都是在求学中度过的,似乎"青春"和"母校"是并肩而行的两个伴侣,其实不然,在我看来,"青春"是一个时间概念,而"母校"则体现了一种物质概念。但无论怎样,它们都会呈现给我们两张熟悉而又陌生的脸。譬如,文中写道:"我觉得自己仿佛是母校的一个卑微的儿子",在这里,我们似乎看到了一张母亲般慈爱的脸;"母校是当年青春年少之时追求知识与正义的纯真之地……我只是一个乞美的丐人",而在这句话里,我们看到了青春的形象,它仿佛是一张"上帝"般的脸。

从"喜欢读诗"到"图书馆",再到那些年遇到过的"作家",最后是自己的同学和老师,作者在一系列的回忆中,捕捉那些年自己在母校中留下的身影。然而,这些回忆并不是凌乱的,它始终贯穿着一个主题,那就是"求知"。正是源于自己对知识的好奇和追求,正是由于母校慷慨地赠予,让如今的"我"变得与众不同,因为我在"用母校给予我的东西谋生",因为我"从一个卑贱的少年成长为充满自信、尊严和骄傲的青年人"。

可以看出,无论是从当时的"卑贱"到"骄傲",还是到如今的"卑微",母校在作者心中始终占据着重要的位置,而且始终在影响着他的人生。海德格尔说:"诗人的天职是返乡,唯通过返乡,才达乎本源……"我想,作者对于青春与母校的回忆和献礼,似乎就是这样一种"返乡"的"达乎本源"的行动,或许,只有在这样不断地追忆中,人生才能变得圆满。

(韩山)

我的老师程耀中

我见到了程耀中老师。他仍是四十年前的模样,只是老了。我也老了。但学生之老不及老师的老更老,更真实,更接近人之老的普遍境况。程老师今年七十七岁。

整整四十年前,在距晋城县城偏西北方向约五里许的西上庄人民公社,曾经有过一所"西上庄五七学校"。程老师是那里的老师,我是那儿的学生。我一直记得程老师当年的模样和他在我心中的形象,但我不知道程老师眼中的我,是怎样的一个学生。大概老师看一个学生,是看他如何以一种可塑的、逐渐放大了的形态,就像从电影的慢镜头中缓缓走来,蹒跚学步而又日益清晰地走向了老师自己。学生看老师则不同,虽然近在咫尺,老师却显得遥远而又神秘,可望而不可及。从这个意义上说,成长几乎是不可能的。

但我却成长起来了。成长的重要步骤之一就是离开。1978年4月(这个时间点是程老师为我证实的),我离开母校去县二中,准备参加当年的高考。我从此告别了人民公社、五七学校和包括程老师在内的师生们。这一别就是四十年。

我们当年所在的那所小型兵营式的学校,是人民公社学校的标配:几排校舍、一个操场,即为学校。从小学至高中俱全,则为九年制学校。周围环境同样也是标配,人民公社的标配:公社大院、供销社、人民舞台,寥寥几样事物,就勾画出了所有人生活、思想和行动的边界。今天已经变得令人难解的"五七"之名,是因"五七指示"而来。毫无疑问，我们曾经在那时，幸福地生活在由"五七指示"以及其他指示所开创的一个崭新的社会格局之中。

作为一个蝌蚪般的小学生，成长的欣悦当然只能充塞于这样的一个格局之中。我们家与学校只一墙之隔，那墙倒塌的时候居多，我每天无忧无虑地穿墙而入。我们可以不听课，不读书，不服从老师，甚至以批判"师道尊严"为名，向老师发起攻击。也就是说，这里纯然就是一个学生们的乐园。

勤工俭学和体育运动是两大主课。这是那时的常态。勤工俭学从小学四年级，即我们十岁左右就已经开始，到五年级小学毕业时，我们像生产队一样进行分配，分配勤工俭学所结余下来的班费，同学们可以拿回去交给母亲以补贴家用。这当然会带来莫大的快乐。我们学校最流行的体育项目是打乒乓球，就连我都学会了。不知从什么时候开始，我每天都在兴奋地打乒乓球和看打乒乓球，其中就有看程老师打乒乓球。

我是在课间围看程老师打乒乓球（一边看一边发出尖叫）。程老师并非高手（我的一个同学才是高手），但他的拼搏的姿势和异常朴实的身手，他的大幅度的动作，如同画中人似的吸引我。程老师的身材稍显弯曲，与一无所有的校园形成了一个独特的角度，加之他好抿紧嘴唇，仿佛把多余的话咽下去的动作，他成了一个奇特而又沉默的影子。虽然学生们中间有关于程老师练书法和写诗词的传说，但我并未亲见，况且我那时对于书法也好诗词也好以及任何其他艺术尚闻所未闻，所以我对程老师只是抱着一种模糊的敬仰。

程老师的样子，在我后来的反省中，颇显得有一种沉郁顿挫之感。但我们当时是以对任何老师的无情和无感为荣的。我们自然恬不为意。

直至形势陡转，全国恢复统一高考，早已从学校扬长而入于社会的我，随潮流之变游回校园，才终于得到了程老师的亲炙。这已经是

1978年我十七岁的时候。

经历了几天的社会之后,青春的苦闷正随着外部的潮流而涌起。在壮怀激烈和无知无畏中,仿佛真有一团希望隐约在前方。于是,从前的完全无足轻重的课堂,仿佛变魔术似的,一变而为一个顶顶重要、安静,甚或有几分庄严的所在。

程老师站在讲台上,他的形象比任何时候都高大。他的嘴唇仍习惯性地抿紧,他的目光也仍旧低垂,但我已能够从他低垂的目光中,汲取到些许暖意,或者那是一种容纳之意。总之,我仿佛知道了,程老师开始在我的身上有所寄予。但我少年不知耻,觉得这是我理所当然应该领受的。直到有一天我将离开,我宣布将转学到县里的中学。那天傍晚,程老师踏过倒塌的校园围墙,来到我家,当着我父亲的面,他送我一份临别的赠礼。我突然明白,我和老师并无私谊,他的这一举动非比寻常。我尴尬了,我后来想起来也还是尴尬。我的尴尬所为何来?因为我的老师抖动一个四月的黄昏,像掩盖一个劣迹似的,他充满人情地轻柔地覆盖住了,我站立在那里的那个时代的斑点。在以后的漫长的岁月中,我将不断地回到那里,回到那个个人史与历史相交叠的熠熠发光的黄昏。我后来才知道,时代内部的那个自我倏忽之间得到了一种自我更新的助力,也使得他的那一次的离开仿佛具有自拔之义。

1978年4月的那个黄昏,成了荒漠上的泉眼,未来长路上一个不可思议的供给。

他送我的是那时的一本诗词集,他在扉页题了诗,他写道:

利民同学留念:

  每恨相见晚,今又叹别离。伯乐不常有,良骥亦难遇。提携愧无力,栽培徒有意。睹物应思人,两地情相系。

愚师程 1978

我一直保存着这本书，尽管它有时会淹没在巨大书堆里，但我相信它在。有时我会拿程老师的诗句向人炫耀，以表明我也是师出有门的。

20世纪90年代末或21世纪初的时候，我曾遇到过程老师两次，并邀他至家中小坐。他像在西上庄五七学校时一样沉默，并像那时一样垂下他的目光，默默的。我亦无由多言。然而，再次见到程老师，我想要打破他的沉默。

我们坐在离开地面一百米高的高处，也许是时候俯瞰往事，回首来路了。在两个小时的时间里，我们几乎谈到了一切。所谓一切，其实简单至极。

程老师是遭受过厄运的人，但那也许算不上是厄运，因为在历史的轨迹中，个人的伤痕终究会变得无法言说。何况程老师这样的温柔敦厚之人，他自然会宽谅加之于他的损害，而不哀不怨。程老师一生浸淫于书画、诗词和语文教学中。他从不以追求所谓的成功为鹄的，他只是保持了自己的一份心意。他一直在画画、写诗、编书。这是他的安心之处。鉴于过往的种种的险恶，这甚至可说是佳妙之选。古人所谓安身立命，其意不过如此而已矣。

程老师带着他编的一本书来找我。他要我为他作序。藐予小子衰残迫，半生无成，何敢妄言。所以作成此文，写一写我们的来龙去脉，表一表我暗藏已久的羞愧，此外并无多意。

程老师积多年所学，编写而成的这本书，是他以心血织就，送给当今青少年的礼物，正如他四十年前送给我的礼物。这是一本与语文教学有关的书，可以视作语文基础训练的一种工具书。它是程老师奉献给后学者的"劝学篇"。程老师不仅劝学，而且提供了具体可用的工具。他的古道热肠，仁人之心，历经波澜跌宕的时代人生而不稍变，真正令人叹服。

希望有心者承接这甘霖，使其在语文教学中起到事半功倍之效。

赏析

大凡写我们的老师，中学生都会先写其外貌身材服饰，但作者直到第七段才开始写外貌，而且不是正面描写，不写他上课，只写他打乒乓球的样子，只抓住拼搏的姿势、弯曲的身材、抿紧嘴唇的特点。这是一个有理想有活力，但被时代压弯了腰，禁闭了口的老师，他不能在讲台上施展自己的才华，只能在打乒乓球时释放下洪荒之力。寥寥几笔，藏着一个时代的悲哀。

第二次写人是在"文革"后。讲台上的程老师，形象高大，嘴唇仍然抿紧，目光仍旧低垂，但有暖意，程老师的腰直起来了，但并没有目空一切，目光仍然是向下的、谦卑的。顾虑还在，但对学生展现着包容和关爱。

第三次写程老师，不再写他的外貌，而是写他居然会主动来到学生家里为学生送别并赠送礼品。谦卑的老师与高傲的学生形成对比。通过程老师的赠言写出程老师的满腹经纶，通过写作者的反应来反衬程老师对学生的关爱，呼应前面程老师"目光低垂但有暖意"的描写。

第四次写程老师是21世纪初与作者再次相遇。作者写老师的沉默，仍然突出他垂下的目光。他仍然是那样的谦虚，没有师道尊严的姿态和说教。在作者的激发下，程老师终于对他的学生倾箧而出，谈出了一切。最后，程老师屈尊让学生为他的作品写序。

这篇文章告诉我们，写人不要单纯写外貌，而是借助写外貌写出人物的灵魂，写出时代和环境。

（姚松青）

回忆魏老师

魏填平是我在晋东南师专中文系三年级时的班主任,也是我们的元明清文学和中学语文教学法课的任课教师。他给我们当班主任的时间似乎是 1982 年春末至 1983 年夏,代上述两门课也是在这个时间。他正式当上我们的班主任后,立即任命我为班长。那是我平生第一次也是唯一的一次被赋予管理四五十人这么一个巨大集体的权力,而这个赋予者就是魏老师。仅此一点就可看出我们之间的关系非同一般。

1982 年春天,魏老师在还没有正式当我们的班主任时,即代行班主任职责,带领我们班去到长子县一中实习一个月。初一接触,我们都有点怕他,怕的原因,一是他长得面貌凶恶,黑脸,不修边幅,说一口长治话(长治话本来比较生硬,从一个面貌凶恶的人口中说出就更加令人感觉像是一种不断的威胁);二呢,像他这样一副长相的人居然是一个才子,这样的一个才子肯定就是深不可测的了。此二者合并到魏老师身上,令他成为一个可怕的人。于是就发生了如下的一个情节。

在一个春光明媚的上午,一个急公好义又稍显鲁莽的同学找到我,他悄悄地向我透露了他对于某种情况的一个严重的怀疑,他怀疑魏填平可能和跟他一起带我们来实习的那位年轻女教师有染,证据是他们经常走在一起,看起来鬼鬼的。那个女老师是一位柔弱的女诗人并且未婚。但是,经过后来的观察,女诗人并非违反自己的意愿而跟魏填平鬼鬼地走在一起,这样就稍可令人放心了。但是,还有另一种情况令我们担忧，那就是我们班漂亮的班花跟魏填平住在一个楼道里。我们全体男生住在这座单面楼一楼大教室的大通铺上，女生集体住到了另一个地方，而班花不知为何住到了楼上的一个单间里，在那个楼道里的另一个住单间的就是我的那位急公好义的男同学了。80年代初春天的夜晚是非常黑暗的，夜深时我和那位男同学又不得不被黑暗的楼板分割开，这种情境下的危机自然不能不令人惊心。这样充满了危机的日子持续几天之后，那位同学再次找到我悄悄地向我说他已经解除了他的怀疑。而我也解除了我的怀疑。于是危机过去了。

我的怀疑之所以被解除，是因为魏老师开始找我下象棋。我们俩可说是棋逢对手，或者也许我还要稍胜魏老师一筹。魏老师说等我们实习结束回校后他会介绍我去跟数学系的一个象棋高手过过招。后来他果然这样做了。这是后话。当时魏老师叫我下棋，似乎不光是为了下棋，他似乎还要通过下棋达到别的目的。比如有一次下棋结束后，他提出了一个问题，他让我考虑回校后接任班长职务。我问为什么。他解释说，一个集体必得以一个权威为中心，这个集体才能得以凝聚。他的话听起来貌似有很深刻的道理在内，但我明确地向魏老师表示我不乐意。魏老师问为什么，我说我之前主动辞去学习委员的职务，是因为我那时就已经认识到我会自觉地并永远地站到权威的对立面，而不是自己去充当那个权威。魏老师苦笑，摇头，并说他会尊重我本人的意愿。这就是我和魏老师最初的实质性的接触。虽然我无意于去充当任何权威，更无意于被人赋予那样的一个角色，但是魏老师的这一番话却令我冷酷的心似乎被春风吹得稍稍松动了一下。跟当不当班长并无关系，跟我对自己的认识也无关，魏老师毕竟已经说过我是我们班的权威，这不正是一个被赋予权威的过程吗？我知道我的内心深处并无力拒绝这么一枚好果子。

回校后魏老师利用一个机会，令我在众人面前无法与他争辩，顺利任命了我为班长。他的这一举动可能令不少同学感到震惊：班长的阴影居然成了班长，这真是太荒谬了！事隔二十多年后我们在酒桌上笑谈此事，我的一位已经升任为高官的同学说，他当年就曾到校党委书记那里去反映过此事，因为书记曾是他父亲的部下，他跟书记说魏填平简直在胡闹。但是书记没有能够拿出一个明朗的态度来。这或许可以作为80年代的书记如何当书记的一例。我就仍然还是班长，并且一直当到我们班毕业。

事实证明让我当班长是一个极其错误的决定。在全校秋季运动会期间，我和体育委员等同学去外地游玩，导致我们班未能以班集体的名义参加那一次运动会，更不用说夺取任何奖项了。魏老师在全校教职员工会议上受到校领导严厉的点名批评。这个事是由别的老师转述给我的，魏老师本人一直到我们毕业之后都没有就此事埋怨过我一句。还有一件事是，我们班的外国文学老师在操场上遇到我，问我对他代的课有何建议，他问这话当然是有原因的，因为我一直在旷课，我旷的课当然不止他的这一门，但主要是他的这一门。我表示他的课有待改进，而改进的办法和方向是……我给他讲了五条。这位老师同时也是中文系的书记。这一次魏老师找我了，他批评我说你就不能不说话，我说并非我要说而是他让我说的。魏老师给我下了死命令：以后不许这样！但是没有了以后，以后这位外国文学老师兼系党总支书记在各种场合扬言要不让我毕业，我则扬言他不可以这么办。他把我的外国文学考卷拿到中文系的会议上让别的老师看，他说这就是你们纵容的高才生，他的答卷上写的都是恩格斯已经批判过的观点，他还自以为高明。闻听此言后，本来并没有自认高明的我真有点自以为高明了，我想能够被恩格斯批判肯定不会降低我的身份。而魏老师呢，非但没有就这事批评我，他还让我第一个走上我们班读书报告会的讲台。当我半通不通地讲完关于卡夫卡的一些话后，他则以一脸骄傲的神情，望着全班同学说出了他关于我的一番话。

我们转眼就要毕业了。毕业晚宴的地点是本班的教室，晚宴的准备工作则是在魏老师家进行的，那就是把黄瓜、西红柿、猪头肉等切好放入魏老师家大小不一的各种容器内，然后端到教室去，开吃，开喝，开始哭。魏老师对于与我们班同学分别一定也有伤感。他的伤感的具体表现是，他亲自撮合男女同学在毕业之前这极其有限的时间内赶紧谈对象，他勉励他们争取谈到大功告成。在魏老师的帮助下果然有一对一毕业即成婚，并至今仍是夫妻。我在《师专往事》一文中对毕业时情景曾有如下的记录：

当绝大部分毕业生都已离校，铺盖卷便全部收集到一间宿舍里，堆放得高至屋顶。有一天晚上轮到我来睡在这间宿舍，看管那些行李。我的班主任老师来和我一起高高地睡在行李堆上，他和我进行了一场推心置腹的彻夜交谈。他说他最后悔的事情是没有帮我在本班女生中找一个对象，以便我可以带着女朋友去经历社会，因为他认为我这样的人到了社会上肯定找不到一个志同道合者，于是就只能组建一个像他一样的无爱的家庭。而他对无爱家庭的苦楚显然已经尝够，所以他为我惋惜，并因为他没有尽到可能的责任向我致歉。在我的老师当时的想法中，大学不仅是一个梦想的乐园，还是一个现实的乐园，是一个社会的绝缘体，一座真正的象牙塔。人们应该携带着这个绝缘体中的纯洁的观念去改造那个不纯洁的社会。我的老师与我的彻夜长谈，既是我所经历过的一段特殊的师生关系，也是关于80年代初大学观念的一个生动而又典型的写照。

这段文字里所说的正是魏老师。

我们毕业之后，魏老师在师专的境况似乎不像我们毕业之前那样了。人们都说他开始疯狂地代课了，给电大、夜大、业大等等，为的是挣讲课费养活他那一堆孩子和没有工作的老婆。他给我的来信也证实了这一点。他认为他理当如此，因为不如此他们的家庭就没法过日子。在我毕业后一年左右的时间里，我和魏老师的关系与其说还是师生关系，不如说我们已经成为朋友。有一天他写来一封令我震惊的信。在那封信的开头他首先表示他为某事所震惊并仍在震惊中，他因这件事而与他过去非常尊敬的两位老师决裂了。看到这封信，我为他的境况感到担忧却无能为力。他的钢笔字写得非常小而隽秀，像一种缩小了的毛笔小楷，非常耐看。我看着那封信感觉到十分困惑。之后他到上海华东师大进修，从那里他继续写来他的小楷式的信，他似乎说过到了那里他才明白，在晋东南那样的地方是无法做学问的。

　　1985年大约年末时候，我因工作调动重返长治，能够时常回师专去转一转。那段时间我应该是拜见过魏老师几次的，但今天想来已经印象不深。印象较为清晰的一次，是魏老师到我办公的长治市大北街112号小楼去找我，因为一件更加令人震惊的事情：他的弟弟被长治市刑警队的一名警察开枪射杀了。他的弟弟英俊潇洒，会做生意，在长治地面上混得开，是他们整个家族的顶梁柱，但不知为何被他的一位警察朋友于酒场上开枪杀死，而那位警察被认定为是擦枪走火，因此只获两年徒刑。魏老师不服，要为英俊的弟弟申冤。他所要求于我的，是让我为公安局副局长的爱好文学的老婆写一篇文学评论，以便能让他去找那位副局长说一说他弟弟的事。他和我都不明白，我们这样做是无用的，或者即使要为了报仇而需讨好谁的老婆，也不应该是公安局副局长的老婆，而应该是法院院长的老婆。我们所策划并做了的这件事当然没有起到任何的效果。

　　以后我在电大附近见到过前去代课的魏老师。他已经完全变成一个沉默寡言的人。我邀他到我的住处坐一坐，他坐在那里长久无语，然后无言地离去。我还在师专我的朋友赵勇的宿舍里见到过魏老师一次，居然是在午夜过后的时间里。魏老师深夜与人在棋盘上搏杀，没烟抽了去跟赵勇找几根烟。魏老师顾不得多说话，拿上烟急匆匆走了，可能那边激战正酣吧。赵勇告诉我他时常在这个楼里通宵下棋。我似乎没有给赵勇讲一讲魏老师当年是如何给我们当班主任的。

1993年，我回到晋城三年之后的那个春天，赵勇写来信说魏填平死了，病是肺癌，原因可能是他每天抽三盒劣质的山西本省产的大光烟。赵勇去参加了葬礼，亲眼看到烟囱冒出一股什么颜色的烟，那就是魏填平了。前些日子赵勇写了一篇回忆魏填平的文字，写到魏填平死前的样子：他脸朝墙蜷缩在病床上，不应答前去探望他的人们的问候，不答应他的小儿子的哭喊，不扭过脸来让人们看见他。没有人知道他是怎么想的。

他死时只有四十五岁。

赏 析

本文最鲜明的特色是对比。第一个是学生对老师的怀疑和老师对学生的信任形成对比。学生觉得老师面貌凶恶很可怕，已是第一重不信任。又怀疑他与年轻女教师有染，这是第二重不信任。又因老师和班花住同一个楼道而怀疑老师伤害班花，这是第三重不信任。辞去学习委员并拒绝老师让他当班长，说自己自觉地并永远地站到权威的对立面，这是第四重不信任。而老师找学生下棋，是第一重信任。老师不顾他人非议，任命这个站在权威对立面的学生做班长，是第二重信任。总之，学生屡屡犯错，老师毫不介意。其中含有很深的期许和信赖。

然后是老师前期的推心置腹和后期的沉默寡言形成对比。老师在年轻时能和学生彻夜长谈,后来变成一个无语之人,死之前都不应答前去探望他的人们的问候,不答应他小儿子的哭喊。前后的对比无声地控诉了加之于这位才华横溢爱生如子的老师身上种种不公的命运。

第一个对比越是强烈,第二个对比的控诉力量越是强大。

"艰难苦恨繁霜鬓,潦倒新停浊酒杯。"显然,魏老师和很多人一样,其真正的死因乃是心碎,而非关疾病也。

(姚松青)

第○辑 人是泥捏的

杨柳依依

一九七六年九月，将满十五岁的我从西上庄五七学校高一年级辍学。在病床上躺了一个月，又架着拐杖带着石膏绑腿在家属院每日串门数月后，一九七七年初我到距家不远的矿山医院做了一名见习护士（带粮学艺）。

我家里的空气

仿佛是沈从文在西南联大时,曾给学生汪曾祺们出过这样的一个作文题目。未见过汪曾祺在这一题目之下是怎么写的。今天我借用这题目一回。但我改了一改——沈从文的原题是,"记一间屋子里的空气",我改为"我家里的空气"。

首先,我觉得家家的空气都是不同的。譬如走进一个商人之家,便能感受到类似于公共场所的那种气息。所谓公共场所,就是连接着交换的观念,自然透气性十足。空气的流动在这里几无阻碍,而且有着镜子般的透明。那商人亦懂得把他周旋于客人之间的身影缩小到比客人略小,而客人看到自己在与主人的对比之下,被放大了一点,心里自然几分舒坦,因此他呼吸这里的空气,感到比在别处更自在一些;而在一个官员之家,屋子里的空气几乎是凝固起来的,连阳光也经过了刀削斧砍,以几何形从窗户那里放进来,落在某处动都不敢动。在这样肃静的空气中,很适合在心里默念"君当作磐石"一类的意思——当然不是在这句诗的原意之上,而是以此感觉空气中所悬垂的重量;进入一个艺人之家,则人都忍不住升起想要跳舞的愿望,或者觉得在这里放声大叫也无妨。这里的空气是膨胀的,空气中的每一颗粒都被放大成一扇小窗,一扇挨一扇,如天街,令人望之不尽而抚之,抚之不尽而咏之,舞之。如果这个艺人还会歌唱般地朗诵"一只大花狗,蹲在大门口,两眼黑黝黝,想吃肉骨头",那么,这里的空气定会把屋顶吹得鼓起来,形成达利式的超现实主义形状;我们再来看看我们时常走入的，或者就是我们从那里走来的、农家的空气。农家的空气里洋溢着童年的味道，这是很容易闻见的，因为它以慢过时间许多倍的速度，在一个深底缓缓地流淌着，当我们离开几十年之后回来，那弥留的味道仍然还在。如果不加避讳，可以说那里的味儿稍显污浊，但这浅浅的污浊正是慢的表征，正仿佛数百年的气味积聚在这厚墙之内，造成了不同于空气的又一种物质，以保证可以从中提取出豆腐渣似的乡愁；我还想说一说城里的穷人之家。那里的空气之凛冽简直像刀子一般，纯洁，锋利，寒光闪烁，缺乏营养，如同黎明时分盼望阳光降临，但却是绝望的阳光，又如同清浅的小溪眼望着大海，但却遥不可及。这就是陀思妥耶夫斯基写的那种"白夜"。孤独和幻想是这里的两种食粮，它们像两条盈盈相随瘦狗的脊梁，令人神伤。

我这里只是概而言之，不免有点抽象，实际上家家户户的空气，及其味道，都不一样。可能我的描述不尽准确，甚或谬至千里之外，但我自己知道我想要说的是什么，依据是什么。

至于我家的空气，我还是要说一说的。毕竟是我在这里写文章，不塞进来点私货是说不过去的。我家的空气，那要看由谁来观察了，如以我妻子的眼光观之，那就可能偌大的空间里只充斥着两样东西：一是她丈夫的身影，二是万千飘荡的尘埃。那数千册图书只不过是她的摊手摊脚丈夫的扩大而已。所以她时常呵斥道：这些书，哪里去？！她每日挥舞着抹布，与书和灰尘做无休止的斗争，直至黑夜降临。

黑夜里，层层空气凝缩为一只黑珠母贝的外壳，包孕着内里的贝肉做无声息的蠕动，而这蠕动以壳为界，轻轻的，轻轻的，轻轻的，轻到不能再轻，为的是不致惊扰亿万光年之外的永恒。这黑暗中的运动，虽经整整一夜，也达不到一纳米之远。翌日，阳光复又破窗而入，带来尘埃，照亮书脊，开始批判惺忪的丈夫的睡眼。

这本是一个三口之家，女儿生活在外地。她虽去了外地，却留下她的身影在家里。她时常跳跃着走路，就是那种将跑和跳连为一体的少年姿势。这使得她仿佛一艘卡通舰船，劈开空气，排浪而来，一切都动荡并且战栗起来。她所带动起来的空气中的漩涡，如龙卷风，把来自太阳和古代的尘埃卷得臣服到天花板上，动弹不得。然后，她以一艘舰船的姿势开走了。她走了，尘埃复又降落，成为家庭里有机的成员，妻子搏斗的对象。

那数千册书这才微微地弓起书脊，春草一般战战兢兢地舒展开来。

至于我，我在书的夹缝中存身，手扶书墙，无法远望。每天夜里，我一寸一寸地复活。我闻着，嗅着，各种气味就都来了。有一本叫作《追忆似水年华》的书，它的味道如细腻而又腐朽的绸缎，内中裹有一只华丽的胴体，令人戳指欲破；还有一本《战争与和平》，是旷野而兼有月亮之味，不用打开它，就仿佛已经在朗月之夜的打麦场上，桩桩件件，白日般分明；《红楼梦》却有点像我少年时代初次见女人穿裙子，其妙味可同于绣花的门帘，掀起来则不美；陀思妥耶夫斯基，那当然是异常的阴暗潮湿，使人无法忍受；卡夫卡呢，就像土的味道，直可以把人变作幸福的蚯蚓；美国作家虽然为数众多，但味道如一，无非一阵风的味道，但喝风饮露并不令人神往；从古至今哲人们的味道较不易说，可以套用这两行诗："空山不见人，但闻人语响。"问题是到最后也不见一个人影子。

所有这些，都是我急欲摆脱的，因为它们都是一些声音、气味、形体，都会对我造成各种各样的消耗。我的虚弱经不起这许许多多事物猛烈地碰撞。我要我家的空气只充溢着从未有人描述过的空无之味。

譬如剩下我一个人在安静的夜里，又恰是一个难得的幸运之夜，于是闪电般地出现了时间隧道里才会有的那种空无。这种情况当然会非常的罕见，就像一个神智健全者不易陷入预支死亡的奢华的昏厥。但只有在这时，空气中的沉默之味才会尽显。沉默原来是有形的——

哦，默之丘山！这时，我便从角落里的书房前往宽阔的客厅阳台，我像在一片丘陵地带漫游，像野兽那样盲目而又灵敏，空气里的所有沉默，都发出了音乐的声响，和天堂禁果一般的异香。然而我并未完全地迷醉，我记得我还要返回……返回来时，地形有变，我择路而行。我听见道路两侧的山丘，大风劲吹，鬼神呼啸。此时的我俨然成了一个巨人，以行走的姿势，写一个人的巨人传。我蘸着远在天边的阳光，以身体作笔，在绵延的时间之纸上书写。我同时又变成了一只猫头鹰，在众山之上盘旋，以圆圆的双眼噬咬这无边界的委蛇起伏的杳杳之默。

赏析

这篇《我家里的空气》实际上是一篇写"虚无"的文章，但这里的虚无并非真的虚无，而是一种超然于物的虚无，有一种浓厚的形而上的味道。

空气的本质就是一种虚无，它看不见摸不着，却是宇宙万物赖以生存的根本。

文章中，作家以一种极为客观和细密的目光去审视他所看到或体察到的不同的空气，并用规范严谨和饱含情感的文字表达出来，可谓明察秋毫，见微知著。

这是一种于平凡中见不平凡的能力。

作者冷静地谛视着位于世界不同角落中空气的精彩，既对其做了几何学的描述，又进行了美学阐述和哲学意义上的思考，发人深省。

仿佛是一台光谱仪，他将成分复杂的空气如抽丝剥茧一般一条条地呈现出来，让空气变得既深奥又容易理解。这让我觉得，自己仿佛在研读一篇意义重大的科研论文，而不是一篇散文。

当作者写到了自己家的空气时，又分三个视角——妻子、女儿和"我"，证明了空气有其客观性一面，更有其主观性的一面。

其实，无论是妻子的"搏斗"，女儿的"龙卷风"，还是"我"喜欢的那种"空无之味"，都让人确实体会到"我家里的空气"之与众不同。尤其是最后一段，作者以自己"幸运之夜"的终极神游来结束本文，让这篇"虚无之作"在抒情的高潮中戛然而止，但留给读者的却是无期无尽的遐想。它让我想到了古人的秉烛夜游，随即便产生了一种强烈的精神冲动。

（韩山）

人是泥捏的

书桌光滑明亮的桌面上有时落满了灰尘，灰尘还覆盖了上面的书、稿纸、台灯和笔筒。因为桌面过于明亮，灰尘成为显而易见的。如果拿起一本久置书桌的书，就有一种在野外拣起一块石头那样的粗粝的感觉。这种感觉正是我所需要的。一个书斋里永久的囚徒，他所要把捉的正是这世界的灰尘。

我一直记得少年时代的一个情景，一个老女人，和一些话语。在上完了初中因病辍学之后，我开始兴高采烈地游荡于这个世界。但是，所谓世界只不过是方圆百米之内的家属院和农舍。其中，五排红瓦平房组成的家属院是我活动的中心地带，周围则是用土坯修成的农舍和出入其中的农民们。这时候我开始真切地体味自身与周遭环境的关系，或许还有尚未觉醒的自由与爱情的要求。

我常去的一户人家，也是很多年轻人都爱去的地方。在那里，一个老女人长着一张蜡黄的布满皱纹的脸，手里端着一根长长的旱烟袋。当她议论人事的时候，她就挥舞起那根竹烟袋，一副很可怕的样子。她总是以她那个年龄所少见的认真态度对待我们这些年轻人。她既是流言蜚语的散布者，又是不动声色的侦探，她差不多还是一名心理学家。她伸长了细瘦的腿坐在屋子中央的小板凳上，她会用长烟袋突然指着我们中间的一个说，你可真不简单呵，昨天晚上看完电影你干啥去啦？被指者立刻脸红脖子粗，他绝想不到这个老女人是如何侦察到他的诡秘行踪的。有一次，她指住了我腰间的一根尼龙钥匙链，面无表情地说，我知道这是谁送给你的。我立刻羞愧满面。这条尼龙绳是一位姑娘送我的，这位姑娘是我们家属院有名的风流女子，人人都希望能够暗中与她交往，又都指望与她的关系能够永远不为外人所知。我当然也是如此。不过我还有我的希望，我指望真正的爱情能够发生，就像我已经读过的那些书上所写的那样。但经她的魔棒轻轻一指，我希望中的爱情马上现出了原形。隐秘一经暴露就无可避免地被归类，我的期高自许归于虚妄，我不得不承认我也是一个龌龊的少年。

　　就是这样一个尖酸刻薄、探人隐私、丑陋不堪的老女人，却仿佛具有魔力似的，吸引我和其他的辍学少年日日围坐于她的身旁。她有一双魔鬼的眼睛，不用正眼看你，却已经了解了你的一切，而且她喜欢把她所了解的作出公布。每一个少年都从她那里了解了其他的少年。原来人人都不是天使，人人都有他暗中从事的不为人知的活动。她用那管长的黑黄色的竹烟袋一一指证，使家属院和村庄里肮脏的秘密逐渐地暴露出来。这可能就是我们来到她身边的原因。我们想知道别人有多么坏，想知道自己也是一个坏人，而我们对此知道得远远不够，所以我们怀着少年尚无从知晓的渴望来到她的身旁。

　　她最常说的一句话是："人是泥捏的。"她经常在揭露了某事某人，或者没有揭露任何人、没有任何缘由的情况下，长叹一声说："唉，人是泥捏的呀！"说这话的时候，她的身体慢慢向后仰去，像是要从小凳子上仰面跌倒。她说的这句话，她说这句话时的语气，以及她危险的后仰动作，完美地结合为一体，成为一种无可辩驳的人生观。我为此深深吸引。不知为什么，当时的我非常愿意认同她，非常愿意承认人就是泥捏的。甚至我也想像她那样一边长叹一声一边说出这人生的真理。

我一直不能忘记这位老妇人的教导。不论我行走在路上，还是端坐于书桌旁，我都记得她手执烟袋坐在低处的形象，那形象对我来说意味深长。我相信她所给予我的影响比所有的老师和课本都要深刻一些。我一直怀疑那些衣冠楚楚之辈，我对流行衣装对自己的包裹始终感到一种窘迫，我无法控制以阴暗的心理揣度那些发出堂皇之论的人们，我强烈反对所有莫名其妙的傲慢，我对统治者的心安理得感到很不理解，我把腰缠万贯和暴得大名者视作我们时代的怪物，我对一尘不染的书桌很不习惯，我从来并且将永远怨恨普遍认可的强加之物和司空见惯的违心之举，我认为良心是卑贱的，人确实是泥捏的。这是我多少年来的思想倾向，无数剧烈的生活和种种华贵的书本都未能将其改变。我的所有这些看法当然没有什么哲学可言，也没有令人信服的道理可讲，它可能的确只是一种虚妄，就像那位老妇人所讲的一样。

老妇人坐在我记忆和心灵的深处，用那管悠长的竹烟袋敲打着我卑微的良心，命令我行走，或者坐下，责备我的骄傲和虚假，她让我用一成不变的眼光打量着这同样一成不变的世界和人们。

赏 析

作者这本散文集以"人是泥捏的"命名，一定有道理。通览散文集的篇目，大多是符号式或者陈述式，少有"人是泥捏的"这样以判断为题目的。符号只是借代或指认，陈述告诉我们人与事的曾经，唯有判断，是一种价值，亦是准则。

历经岁月，与作者直接间接接触的人不少，一个老妇人凭什么停留在作者"记忆和心灵的深处"，又不是小妇人。老妇人"长着一张蜡黄的布满皱纹的脸""尖酸刻薄、探人隐私、丑陋不堪"，是"流言蜚语的散布者"，很少有人会喜欢和这样的人交往，但是作者和其他的辍学少年却"日日围坐于她的身旁"。

原因何在？原因是在往后的岁月中，作者逐渐认识到，老妇人"给予我的影响比所有的老师和课本都要深刻一些"。老妇人的长烟袋在漫长岁月中不断地敲打着他，使他的"卑微的良心"始终固守着良知，使他的"骄傲与虚假"渐渐遁形，使他在光怪陆离的世间保持着少有的清醒。

老妇人早归尘土，但是"人是泥捏的"言犹在耳。

（崔刘锋）

短暂的猫咪

妻子认为我们家厨房里钻进了老鼠。这是我的说法，妻子的说法是，怎么能说是我认为，明明就是有嘛！但她所发现的却只是老鼠活动的迹象，并非真的老鼠。紧接着，客厅里空调通向外面的那条管道里，传出咯吱咯吱的声音，有灰泥的小碎块掉落下来。这是我在深夜里亲耳听见并看见的。于是我基本同意了妻子的说法。

有一天，妻子下班回来，买回几团洗碗用的钢丝球，塞进空调管道里，从此客厅里无事。但厨房仍不太平，标志就是夹鼠板始终张开着，却完好如初。妻子认为这是老鼠不肯就范。卖夹鼠板的那个妇女对我妻子说，老鼠是意虫，对于它的任何意图都不可声张，只能悄悄地，仿佛没事一样，有一天你会发现，老鼠上了夹鼠板。我笑着说我妻子，你就是太能声张，你跟门房路师傅站在小天井里大声嚷嚷的那些话，老鼠岂能听不见。

我和妻子整天在厨房里遍查各种孔洞，以求得老鼠的来历，也无结果。我们几乎是异口同声地说出了在各自心中都曾酝酿过的一个办法，那就是只好求助于莫非家的那只猫了。第二天我发短信给莫非，询问猫的近况。那只猫是我和莫非在前年秋天从邢昊的故乡襄垣县南姚村带回来的，那时它尚在童年。为了带着它越过二百多华里的路程，我们中途转了一趟车，吃了一顿饭，其中的小小辛苦我至今仍然记得。但是，莫非却仿佛忘记了，他对我关心猫的情况感到困惑。当我说明意图之后，他才表示："非常乐意效劳，定当不辱使命。"当天傍晚，我在小区遇见莫非的妻子,她说她已知道情况,正准备回家把猫抱下来。但她也不无忧虑,她说猫被楼下那家装修的声音吓坏了,怕见人,不敢出门,不知能否完成得了这个任务。

我说过,前年秋天时,猫尚处于瘦弱而无知的童年,是我陪同它从南姚村走进城里,上了莫非家的六楼。那以后,我并没有再见过它。此番重逢,令我大吃一惊。那天晚上,我外出应酬回来,问妻子,猫来了吗?答曰,来了。在哪呢?在床底。哪个床?中间卧室的床。妻子走到床前,猫咪猫咪叫了半天,并以食物相引诱,它终于亮相了。它踏着轻柔的虎步来到卧室门口,它全身的毛发长长地张开,粗尾巴竖立在空中,颇有意味地高高摇摆着。我不由得大声叫道,它怎么这么漂亮!妻子说,它是挺漂亮,但它胆小,来了就钻进床底不出来。说话间,它又重返床底。

晚十一时以后,妻子好说歹说把它引进厨房,然后关住厨房门,让它与老鼠共处。约凌晨三四时,我和妻子都听见,它在厨房里一声又一声不停地叫:阿呜阿呜阿呜。打开厨房门,放它出来,仔细观察整个厨房,到处都没有它吃掉老鼠留下的痕迹。到底吃了老鼠没有呢?它不回答,它开始在全家各个角落里逡巡,它有时抬起虎样的头来,望一眼我们,更多时候它望都不望我们一眼,低下头独自在地板上来回走动,它低头捉摸着任何一块地板,捉摸着每一寸光滑而没有内容的地方。它的目光引得我也去看它所捉摸的地方,我却看不到任何东西。

随后两天,白天它仍钻进床底,不知在里面干些什么,随着夜色降临它才出来,并神秘地活泼起来了。我们敞开所有的门,包括厨房的门,任它走动。它的一个小爱好是穿越茶几下方的搁板,从药品、食品和调味品等乱七八糟东西形成的复杂道路上穿过,却能丝毫不改变那物品摆放的脆弱局面。有一回它跳上床头柜,从电话、台灯、烟灰缸、打火机和我的茶杯中间穿过,床头柜很小,而它却可以称之为是一只雄壮的猫,所以我特别担心我的茶杯,但事实证明我的担心是多余的。它喜欢行走在狭小而复杂的局面里,它来到这里、那里,并非有什么目的,它好像一切都只是为了经历过,就像我小时候去我们村附近的那些村庄一样,只为的是我已经去过了那里,并且两次三次无数次地去过了。它也是如此,它最常去的地方是窗台,它蹲在窗台上凝望着窗外的夜色,那若有所思的样子令我心潮为之起伏。有一回,我靠在床上看书,它进来了,它用头挑起窗帘,呼的一声跳上窗台,然后是一段令人心动的寂静的时光。我一边看书,一边用眼角的余光瞅着窗帘,但窗帘安然地垂下,仿佛后面没有一只猫,直到哗啦一声响,它从暖气片的隔板上滑下来了,证明它确实是在上面的。它对高处真是情有独钟。我数次看它如何跃上窗台和写字台。我把我的观察所得向妻子报告,她说它其实很想上柜顶,好几回蹲在沙发上望着柜顶,跃跃欲试,但它可能知道自己跳不了那么高而最终没有贸然尝试。而我觉得它蹲在写字台上的样子很好。我甚至设想,如果有爱伦·坡来为它在写字台上的身姿赋诗一首,那是何等的情致啊。我的写字台足够宽大,因为我长期使用电脑近年来较少走近它而使得它略显荒凉,如今有猫庄严而神秘地蹲坐其上,伴以旁边高高的书堆,和两侧森然的书架,以及窗户所透示出来的黑暗的夜色,令整个书房为之顿然改观。但它忽又蹿下来,进了厨房。我在卫生间时,有时看它从厨房悠悠走来,以为它进卫生间有事,它也的确有事,它在卫生间不够宽敞的地板上游刃有余地连打几个滚,呼一声又蹿出去,奔进了书房。它的这一连串的动作初看是围绕着有一个目的的,但究竟目的何在,却非我所能理解。

又一日,二哥全家来我们家闲坐,看到猫,自然夸奖了一番。二嫂说,这只猫不像猫,倒像只狐狸。这主要指它的尾巴粗大,并摇曳有致。二哥是插过队的，比我毕竟见识多。他讲起了有关的经验。他说猫吃老鼠是不留一点痕迹的，它要把最后一滴血都舔干净。这为厨房里老鼠的存在与否更增疑云。二哥小时竟然多次带领猫捉拿过老鼠，令我大为称奇，因我竟没有一次这样的经历。二哥说，领上一只猫，拍拍柜门，然后人离去，从门缝往里偷窥，看到的是，猫警惕地注视着柜门，等待老鼠出来，老鼠一出来，猫首先发出叫声，令老鼠变得迟钝，然后迅速出击捉住它成为易事。天生就是捉老鼠的呀！二哥感叹说。

但它到底捉住并吃掉厨房里的老鼠没有，成为一个谜。既然它吃与不吃都不留痕迹，这谜就一时无法破解。倒是它那锋利的爪子在我家沙发下部的棕色皮革上，留下了不可消失的印记。我几次看见它是如何对待那块无辜的皮革的。它以快速的节奏和无数的动作，令那块皮革发出嘶哑的叫声。我大声吆喝着赶走它，它却又在完全出人意料的时机里重做一遍。我以前就听说过，它这样做是为了磨短它的指甲，因为它是爱干净的。这倒使我无法过于怪罪它。而且，哪怕是在它刚刚做过这事的当时，它的样子也显得比那块棕色的皮革还要无辜得多。它总是显出一副悠闲而毫无负疚之心的样子，它难道知晓人心总是不欲深究罪恶，甚至是迷恋于犯罪的？

最后一天，妻子去上班，我外出开会，整整一天家中无人。到傍晚回家，家里猫臊味冲天。妻子大叫，你闻到味道了吗？我嗅一嗅，确实是有。她又说，你知道它在哪里睡觉了？我说，哪里？它在我的被窝里睡了一天！哎呀，送走它吧！恰在此时，猫主人莫非打来电话，问，我的猫表现如何？我答道尚可尚可。然后，莫非来我家要领回他的猫。彼时，它正端坐在我女儿房间的写字台上，莫非满面笑容进去，把它托在手上，高高举起，带它回了家。猫本来没有家园感，它在我家只待了几天，已经能够表现得体并怡然自得，但我不能凭此一条，就否认猫是莫非家的猫。

只是从此我进家门，没有了猫咪可叫，我不再能够叫它一声，然后等着看它究竟从哪一个隐秘处走出来，给我一个惊喜。但无论如何，它毕竟来过我家了。几天来，它像一个神秘的存在主义者，带我勘探了：窗台以及其外别样浓重的夜色，茶几下搁板上那几乎是不可能的隐秘通道，地板上的每一条砖缝直至其每一寸光洁的空无之处，还有我那久已无人光顾的大写字台荒凉的表面，以及我家所有可能的角落及其相互之间的关联……多少年来，这些事物被我熟视无睹的目光和丑陋而实用的原则所扼杀，如今在它的注视之下，它们才重新返回到了存在的领域，并呈现出如同山峰一般不同的高度，就像夏季的即将来临的雷雨照亮了蚂蚁的通衢大道一样，尽管广大的天空前所未有地阴晦而恐怖，但正是在此时，各种各样的存在才反而能够尽逞其无尽的悲情和欢乐。

我记得，我在我的童年时代曾经有过这种对于存在的多样性的关注，但后来成长把它夺走了。现在我写出了上述的文字，可它顶多只是对早已走过的林间道路的眺望和怀想。那条路已经不可能再返回。

我只能写下此文，以表达我的纪念之情。

赏 析

我为能读到这样轻松、鲜活而又深刻的散文感到幸福。而这轻松、鲜活和深刻，是基于作家对生活的好奇和思考，和对文字的敬畏之上。

在这篇文章中，作家表现出了极大的从容和细腻。他努力观察着这个"闯入者"的一举一动，从刚来时的陌生、害怕和躲避，到熟稔时的肆无忌惮和旁若无人，它在闯进、融入和改变着一个人乃至一个家庭的生活。而作为观察者和被闯入者，作家将精准的叙述赋予了睿智的思考，并蕴含在字词之间，有些思考，完全是建立在恩格斯所说的"自然流露"之上，作家的文字暗含了一种对人类自我的同情，但却没有让人沦为伤感之虞，从而使读者与叙述者产生吻合的反应。

然而，对与这只猫咪短暂相处的描述，并非作家要表达的本意，其真正的意图是，一种闯入对一个人生活的改变。这是一个人与动物之间相互认识、相互了解，乃至相互学习的过程。尽管相处短暂，但"它像一个神秘的存在主义者，带我勘探了：窗台以及其外别样浓重的夜色，茶几下搁板上那几乎是不可能的隐秘通道，地板上的每一条砖缝直至其每一寸光洁的空无之处，还有我那久已无人光顾的大写字台荒凉的表面，以及我家所有可能的角落及其相互之间的关联……"

（任慧文）

远处的叔叔

叔叔是个漂亮的男人，属马。据说属马的人都长得漂亮。我母亲也属马,母亲年轻时是个漂亮的女人。叔叔与我母亲同庚，七十多岁了。

秋天，叔叔从四川回乡省亲，和他所有的子女们一起。

叔叔虽然七十多岁了,仍然头脑清楚,言语幽默。真是一个好叔叔。他这次回来，只住了三天，但却办了很多事情。

祭祖是第一重要的，我们这里称为上坟。那几天正好秋雨连绵，城里的街道都湿漉漉的,何况乡下田间？我们先给乡下亲戚们打了电话，让预备好胶鞋。那一天我没有回去，我只看到他们带回来的照片。照片上，叔叔全家在坟头上放声恸哭。他的子女们是第一次站在祖宗面前。那几抔隆起在秋雨中的黄土堆，引起了他们真实的凄切之情。他们留于影像上的悲痛之情甚至把我的眼眶也差点弄湿。

上完坟，叔叔把小姑姑，他的妹妹，接到了城里的宾馆。他和他的妹妹促膝长谈两个夜晚，大概把想得起来的话差不多说完了吧。他们一定说起我的奶奶，他们的母亲，说起 20 世纪 40 年代在晋南的流浪岁月，说起我死去的父亲和母亲，以及很多死去的人们。

叔叔拿出他的伤残军人证给我们大家看。伤残军人证的右面是我奶奶的照片。叔叔带着他母亲的照片已经几十年了。我认真地看了伤残军人证上的我奶奶。奶奶是我最亲的亲人，是我记忆中的永恒，但我看着她竟然完全陌生。我的奶奶应该比照片上的老人更慈祥、更年老、更亲切，但实际上我奶奶可能的确就是照片上的那个样子。我的叔叔让我认识到，作为一个活人，我在无情无义地活着。而叔叔却一直随身携带着他母亲的照片，都几十年了。

叔叔这次回来，还纠正了一个流传久远的错误的说法。根据这个说法，在20世纪40年代，他被国民党的军队抓了壮丁，然后被共产党的军队俘虏，才成了中国人民解放军的一名战士，才有了他后来的人生道路。叔叔和他的子女们一致否认了这个说法。从他们共同发出的惊讶而又毫不犹豫的大笑可以听出，他们认为这是一种荒唐到极点的说法。但是，正是根据这个说法，我们多年来始终认为，叔叔之所以在部队里最终只做到连指导员这样一个卑微的职位，是因为被俘虏过来的一律是控制使用的，因为他们不是中国共产党军队里的自己人。这是我们认识叔叔人生道路的一个大前提，这个前提却原来是不存在的，真是奇怪。

有一件事情我也很想问问叔叔，看他对此有无不同的说法。20世纪50年代有一年的有一天，我的奶奶正在院门口坐着晒太阳，来了一位穿军装戴口罩的军人，此人声称他是叔叔的战友，利用回乡探亲的机会来看望一下战友的母亲。这时，围拢而来的村人越来越多，他们围观我那哭泣的奶奶，和我叔叔的穿军装的战友。我奶奶终于知道了，她多年来以为死了的那个儿子原来还活着，我奶奶拉住叔叔战友的手问长问短，她的眼泪就像断了线的珠子。这时，人群中突然发出一声喊，要那个战友摘掉他的口罩。口罩被强行除去，这个战友原来却正是叔叔本人。我叔叔想以这种方式知道，他的母亲究竟对他有着怎样的感情，是不是把他忘记了。这个故事流传几十年，成为家族史上的一桩笑谈，它使我叔叔成为一个可笑的人、一个不诚实的人、一个远离了庄稼汉本色的人、一个小心眼的人。我想问问叔叔，事实是否真的如此，但我没问，没问是因为，我认为这个故事基本上是真实的。

但是，叔叔之所以怀疑母亲对他的爱，也不是毫无缘由的。我的奶奶生了太多的孩子，我的爷爷却无力养活他们，于是，他们中的三个生下来就被送给了别人，叔叔是其中之一。接受叔叔的那户人家原本稍微比我爷爷家富有，到叔叔需要吃粮食的时候，那人家却逐渐穷困，只能养得起他们亲生的孩子，我的叔叔没有粮食吃，他流浪在集镇的人群中。我奶奶把他领回了家，重又给了他我爷爷的姓。那时，我的爷爷虽然留下一个姓氏，他本人却早已命归西天。此后，叔叔便跟随我的伯父、我的父亲和我的奶奶，开始了更大范围的流浪生涯。在流浪途中，他竟没有请示我的伯父，没有告诉我的奶奶，就跟着一伙人参军走了。于是，我奶奶始终认为，他是被国民党抓走的，因为共产党不会无缘无故让他的儿子消失。我父亲入的才是共产党。共产党让我父亲做了官，让我奶奶给我父亲做家务活，享了一辈子福（用我奶奶自己的话说）。

叔叔终于清除了他历史上的疑点，原来他始终就是共产党的军人。他的历史听起来就像党史一样辉煌：他解放了临汾市，他打到了河南，他穿越了中原大地，他渡过了长江……他的身影一直就在党史教科书上，但他只是个吹号的，名曰"司号员"。"嘀嘀嗒"，随着他的一声号响，全连的人有好几次差点儿死得光光，他自己也负了伤。这个伤兵不知养好没养好伤，就一鼓作气打到了云南，解放了全中国。这时候，他才当上了连指导员。

就在那个豪华宾馆柔软的沙发上，我半躺半坐漫不经心地问我的叔叔说，叔叔，讲一个特别惊险的战斗故事吧？叔叔说，在河南驻马店那一带，我们正在跟敌人打着，没想到又一股敌人从侧面包抄过来，可把我们吓坏了，幸亏有人看见了，我们赶紧就扔手榴弹，一扔手榴弹敌人就跑了，好险啊！这一次最危险，你想要是没人看见，那还了得？我说，是呀是呀，那还了得！

然后，在 50 年代，在云南的不知什么地方，连指导员娶了连卫生员，一个漂亮的川妹子，她就是我的婶婶。他们生下了三个儿女，一个比一个漂亮。我的叔叔把我们家的精血播撒在了祖国的最南方，使得我有了三位最为陌生的叔伯姐弟。起初，我的姐姐在电话里叫我哥哥，然后又大惊小怪地说，不对吧？我是姐姐！随后，有了那年秋天我们最初的会面。

总之，在那个阴雨绵绵的秋天，叔叔来了，叔叔走了，叔叔还是叔叔，但对我来说，他终究是远处的叔叔，尽管他带着我奶奶的照片，带着战争以前的全部记忆，带着他未曾久住的村庄，带着我们共同拥有的姓氏。

但我很清楚，我和叔叔并不拥有一个共同的村庄，他有他的村庄，我没有，我从未在任何一小块土地上久留，我看什么都是远的，一切都在远处，没有什么人和事物可以让我走近，我只是曾经有过那样一份希望。

我曾经希望，我的父亲能够理解我，但现在父亲死了，理解当然也就不存在了；

我曾经希望，母亲对我的爱能够像电影里那样，有可见的温馨和感人的情节，可情节尚未发生，母亲也已死了；

我曾经希望，我永不忘怀奶奶的恩情和慈祥，但我竟认不出照片上的我奶奶了；

我曾经希望，远方归来的叔叔能够向我讲述一遍他传奇的人生和宏伟的战争，但叔叔只是一个有点幽默感的普通人，他竟然向我讲起银行"按揭"，这个现代汉语里太新的词语，这真是太不符合我的希望了……

赏 析

初听"豫章故郡，洪都新府"和听到"落霞与孤鹜齐飞，秋水共长天一色"，阎都督表现大不相同，你还记得吗？看《远处的叔叔》就有这样的感觉。

初看，模模糊糊，似曾相识。叔叔七十多岁、属马，漂亮、幽默，有着传奇一般的人生。你以为就一寻常写人文章，一时一地一类人的陈年旧事，略有不同罢了。

再看，居然没多少具体的所谓肖像动作描写；有，也多是群体人物的粗笔勾勒，写意画一般，呈现给你一鳞半爪的虚实恍惚。

三看，还真是"远处"，应该不止于叔叔其人和叔叔的那些事情。那个流传久远认识叔叔人生的大前提居然是不存在的，那件定义叔叔品性作为家族史上的笑谈最终也只是个人"认为"。关于真实的，关于虚幻的，人们总是错读误读，但回归生活，似乎谁都情有可原。这种把个人置于大环境中的存在状态，让人有看张艺谋电影《活着》的感觉。

困难时代、解放战争，这是一个人的故事，又是一代人的故事；祭祖、按揭，这是一个过去了的故事，又是一个还在发生的故事。时空交错，世事纵横，过去现在，社会人生，个人集体。作者克制又节制，希望又失望，让故事像《罗生门》一样呈现，让作者更让读者怅惘迷茫，久久不能自拔。

（马艳芝）

我的写作故事

刚入学堂不久，就有人说，这孩子写得好。他们是说我的铅笔字比别的孩子写得端正，但他们不说我的字写得好，他们光说："写得好。"这成为我最初受到的有关于写的夸奖。

这就是我写作生涯的开端。虽然严格意义上的写作是在很久以后才开始的，但我不应该忘记湮没在岁月另一端的真正的源头。我毕竟从那时候就知道了，写作是重要的，它是我赢得夸赞，引人注目，被人喜爱的原因。从那时我知道了，一只猫可以因为它是一只猫而受人喜爱，我却不能仅仅只是我，既然我进了学堂，我就必须"写得好"。

从那以后，我勉力而写，我把我所有的努力，把我幼小心灵对于未来的希望，只集中在我的手腕上，为的是赢取成人世界的关注。我的努力颇见成效。

到小学五年级时，我的班主任老师把我的作文拿到高中生的课堂上朗读，我差一点因此而誉满全校。有所不满的是，我那篇作文的开头一段是被老师改写过的。整篇作文的内容我已经不记得了，但我至今没有忘记老师替我写的那一段。它成为永远的缺憾，成了我的心灵鸡汤里的一粒老鼠屎。

升入初中以后，我的班主任老师换了，新的班主任老师不喜欢我。我不知道他为什么不喜欢我，我觉得那是一种无缘无故的厌恶，我因此而倍感委屈。但在他那一方面，肯定是有原因的，只是我不知道而已。我很久以后当过一个多月的见习教师，那时我才明白，的确存在老师对学生的无缘无故的憎厌。我和当时一起做见习老师的人们交换过意见，大家都承认，有的学生，特别是有的男生，的确能够无缘无故地令老师生厌。升入初中以后的我，在班主任老师的眼里就是这样一个学生。

有一次全校会演，我们班表现突出，散场以后，学生们围绕着班主任老师坐在操场上的夕阳里。当时的气氛非常温馨，我的心里充满了自豪。有同学说我为这次演出写的台词好，我将来可能会成为一个作家。我的班主任老师反驳说，他成不了作家，根本不可能，因为……他当时说了他的理由，但我现在不记得了，我只记得他说我成不了作家，他用的是断然的、无情的、略带嘲讽的语气。他是一个不喜欢我的老师，他总是找机会贬低我，打击我。而且，在他带我们语文课的初中两年里，他很少给我们上课，更极少让我们写作文。他不让写，我也没有想到自己写，因为我没有题目，我不像现在这样会自己给自己想出一个题目。

升高中以后，我觉得学校里真是索然无味，于是我要求父母亲为我外出看病。从一家外省医院回来，我的病没有治好，但却得卧床三个月。那三个月，我躺在床上无事可做，无书可看，我的手头只有一小册成语词典，巴掌大的一小本。一个个成语故事成为我的病中童话，它们教会我过去的人们如何在古代汉语里进行人生得失的计算。实际上它们算不上是童话，它们是世俗社会小百科，毫无美感可言。

从病床上走下来以后，我没有再上高中。我到一家医院"带粮学艺"（就是当不挣工资的学徒）。"带粮学艺"期间，我有时想，我不可能永远这么"带粮学艺"。不久之后，传来恢复高考的消息，我的作家梦苏醒了，我决定参加高考，考上大学中文系，准备将来当一名作家。于是，我考上了大学中文系。到了中文系以后我才知道，大学中文系不是培养作家的。那么哪里可以培养作家呢？教授们的回答是，作家是不可以培养的，作家都是自己写成的。这就是说，没有人可以让另一个人成为作家，作家只有靠自己。一个不懂得写作的人得靠自己不断地写来使自己成为作家，而那些把写作之奥妙讲得头头是道的教授们并不能帮什么忙。

更令人沮丧的是，我发现自己根本就不具备写作才能。虽然大学中文系不是培养作家的，但中文系里的很多学生都有当作家的梦想，并在为此而奋斗。我们班就有好几个这样的学生。他们都比我写得好，写得多，他们有的在写长篇小说，有的写出了剧本，有的写了几本诗歌，那是他们未出版的诗集。而我只是喜欢阅读而已，更糟糕的是，我觉得自己根本就没有什么可写的，我的内心空空荡荡，没有小说题材，没有诗情画意，空有一腔豪情和愿望。

我不能说我因此而感到绝望，但我颇不得意，这肯定是真的。我暗暗期冀着经过长久的学习，终于有一天能够写出一部小说或者一本诗歌。但是，在此之前，我的空虚似乎无可弥补。我开始滔滔不绝地发表议论，我把我浸淫其中的书的世界变作我曾经经历过的世界，向我的同学们讲述。他们果然听得呆了。我还在讲台上做了一个关于卡夫卡的读书报告。我的同学中没有一个知道这个作家。我的读书报告离题万里，但我还是大获成功。我暗地里偷偷地写一些小说之类的东西，但是前一天晚上写的小说到第二天早上，就显然已经不是小说了。我痛苦地点燃那些纸片，让它们变作灰烬。我跟谁都不说我在练习写小说，当然我更不说我的练习毫无进展。大家都认为我是一个有野心的人，他们认为我在做好充分的准备之前，尚未有所动作。有时候我也会依据别人的这个看法来看待自己，因为我不愿意承认我是一个没有希望的人。实际上我们的自我认识很多时候是不属于我们自己的，安慰和欺骗均来自别人，我们只是不自觉而已，我们把它看作是坚强和耐心。

大学毕业之后，这个过程仍在继续。我的信心在有无之间。毕业一年后一个偶然的机会，我参加了一次征文竞赛，并荣获一等奖。我去北京领奖，在镁光灯下、掌声之中，和平生第一次领略的豪华冷餐会上，一直保持着清醒的自卑感的我仿佛进入了一种醉生梦死的境界。这一切都是多么容易啊！我一个人在心里感叹道。但是，我心中的真正的写作仍然非常遥远，甚至更加遥远。这次征文不是创作征文，而是评论征文。我对别人的作品发表了一通似是而非的言不由衷的议论。幸运的是，我的假面未被评奖者识破。通过这次获奖，我更加清醒地认识到，评论写作根本不是我的写作理想或者说野心所在。但是，评论写作给了我一个机会，我被调入了一个专门的机构，从此我可以什么都不干，堂而皇之地从事写作。他们称我为理论编辑，但他们谁都不知道，我是痛恨这个称号的。这个称号给了我双倍的压力：一方面我必须为此名称往自己的脸上涂上一层理论的假面，这使我颇不自在；另一方面，我暗地里进行的小说练习成为一种僭越、一个阴谋，使我越加不能放开手脚。处于这样的矛盾之中，我无所适从，荒唐度日。而日月如梭，光阴似箭。人生竟可以在徘徊和犹疑不决之中匆匆前往，这与我当初的人生设计大相径庭。

　　后来，全国上下，随笔热兴起。我加入其中。我发现这是一种我或许可以应付的文体。这时候我的年龄已经不小，正如俗话所说，走过的桥比别人走过的路都多了，吃过的盐比别人吃过的饭都多了。我的人生在各个方面都有了一点点小积累，一点点理论，一点点经历，一点点发自内心的感叹，一点点小说练习的笔法，几样相加，正是所谓随笔也。我出版了自己的随笔集子，有几个朋友和几个读者说好，使我颇有满足感。我觉得人生不过如此，峰回路转，柳暗花明，待于情势而已矣。

　　接下来又是一个偶然，我的一篇散文被人看作小说，发表在小说栏目里。这是一个真正的小惊喜：原来如此写下就是小说呀！我顿感多少年的小说阅读、小说研究、小说练习，颇近于价值虚无。然后，我陆续写下了一些我自己也认为是小说的小说。我悄悄地跟自己说，我会写小说了！

至此，故事结束了。这就是我目前的状况。悔恨与喜悦、希望与绝望、宁静及其变奏，在日与夜的流淌中连成一线，成为一个活着的人的心像图，它以极小的起伏跃动和延续着，表明这个人仍旧活着，表明一颗激昂的心灵回归到了它安谧而又孤独的运动方式。

赏析

每一位作家走上写作之路的动机不尽相同，一路上的荣光与艰辛也不一样。

围绕时间轴，作者讲了自己的写作故事，有惊喜有无奈，生活本身就不是风平浪静的。作者五年级的作文被拿到高中生的课堂朗读，誉满校园。这些都是作者写作路上的动力源泉。

但是更多的是阻碍，是困惑。一个作家只能靠他自己。如果他起初不具备写作的才能，他得剑走偏锋地去发现；如果他的作家梦被人或被他自己惊醒，他得重入梦中，而不是熄灭掉希望之火；如果写不出小说，那就写别的。峰回路转，柳暗花明。一切都不可能预先就被许诺。也不可能有一个完美的计划，因为完美计划的本质是失败。

作家都在讲故事，讲自己的也讲别人的。似乎每个人都有一种窥视欲，这样一来，作家自己的故事更具有吸引力。除了故事之外，读者还想读到让人怦然心动的句子，还想获得作家仿佛是单独向他透露出来的人生箴言之类。

只有满足了这一切，一个作家才会得到意外的礼赞。

（崔刘锋）

我的恋爱

1983年七八月间，我从师专毕业刚回到家里的时候，我母亲突然被查出得了癌症。当时的情况可以用托尔斯泰长篇小说《安娜·卡列尼娜》开头的那句话来描述：我们的家里一切都混乱了。我父亲流泪不止，并时时发怒；我母亲躺到病床上，卸掉了她在这个家庭里首要的责任，只睁开空洞的双眼望着我们；我的姐姐哥哥们的家里每家抽出一人随父亲赴太原为母亲治疗，谁也不知道治疗的时间会有多长，以及治疗的结果会是怎样；我一个人留守在父母的家中，时时接收着来自太原的关于母亲令人不安的病情，再向各方面加以传递。

当母亲的治疗渐入轨道，最初的恐慌不得不转为相对的平静之后，太原方面传来的消息竟然主要地集中到了关于我的问题上。我母亲表示，她必须在生前看到我结婚生子，否则她将死不瞑目。家庭里几十年的秩序本来是由我母亲传达和贯彻我父亲的圣旨，现在反过来，我父亲成了我母亲愿望的忠实践行者。与我母亲几十年来对他的指示的执行情况有所不同，我父亲将要丝毫不打折扣地执行我母亲的指令，也就是说，他真的要我在最短时间内结婚。他一点也没有打算要劝说我母亲稍稍改变一下她躺在病床上所产生的昏乱的想法，相反，他认为只有完全彻底地落实那些想法，才能有助于我母亲病情的缓解。这当然只是出于对癌症这种病的极大的误解。但对这一问题我本人也是要等到很多年之后才能有所认识。我们当时的认识水平是，我们相信，如果一个病人所有的愿望都实现了，他的病情就会好转甚至消失不见。这里面的道理是这样的：既然疾病是人的希望的反面，当希望大踏步紧逼的时候，疾病自然就不得不退却。这样，我的婚姻问题就成了对我母亲的治疗方案的一个重要组成部分。这无疑打乱了我在师专读书期间所形成的，对于自己未来婚姻的一个初步的规划和设想。我的规划可以分成两个句子来表述：一，我要在二十八岁以后才结婚；二，我要在遇到相爱的人时才结婚。现在我才二十二岁，离遥不可及的二十八岁还有漫长的六年（在那六年之久的时间之路上会遍布着多少人生的机遇呵），我还没遇到一个爱我我也爱她的姑娘。我理所当然地认为我的家庭所制订的关于我的问题的决定是不可行的，是荒唐可笑的。

但是，我父亲在一次从太原回来与我单独进行的谈话中（我怀疑他那次回来主要目的就是为了那次谈话），决然地向我表明了他的原则。他说，一个人的婚姻不单单关系到，而且不主要是关系到他个人的幸福。婚姻不是一个人的事情。它应该服从于家庭全局利益的需要。我母亲的健康目前就是我们家的最大利益。我唯一的选择就是无条件地服从这一需要。我父亲的这一说法听起来严丝合缝，无法反驳。但也只是听起来如此，实际上，即便不越过我父亲自制的逻辑边界，我也仍然可以提出反对的意见，至少我可以提出谁都无法回答的疑问：如果我服从，果真会阻止癌症的进攻吗？如果我不服从，我就一定成了癌症的同谋者吗？但是，这个问题也同样可以由我父亲反过来质问我：万一我母亲的健康恶化，甚至生命逝去，我能提供什么样的证据来证明自己无罪？证明自己不是癌症的同谋？另外，我还可以做退一步想，我父亲对我的要求，无异于给我指明了一条事先就可以脱罪的道路。想到这一点，我只有保持沉默。而沉默就是同意。

这样，一个介绍对象的过程就正式开始了。我母亲的部下、我父亲的部下、我们家的亲戚们，全都纷纷介入到这一过程中。我在其中的难堪一点也没有引起人们的关注，我的愿望和想法被有意地加以忽略，仿佛这是一件与我无关的工作似的。有时是我被领到别人家里，与一个素不相识的姑娘坐到一张八仙桌的两边，在众目睽睽之下我与她进行简短的交谈；有时是一个姑娘被带到我家，在所有人满怀希望的目光注视中（虽然大家都故意地离场了，但他们把目光留下来），她低下头表示出她应有的羞涩；更多的待选对象是在言谈中被反复地提及，以要求我对一个未曾谋面的姑娘表明自己的态度。所谓介绍对象主要是介绍对方的家庭条件，至于她们本人则一律被说成是"一个很好的闺女"。我的既定策略是，无论如何我每次都说"不"。我想拿这个以不变应万变的策略让他们灰心。但我母亲的一个高个子、大圆脸盘、看起来有几分厚颜无耻的男性部属竟然宣称说，他将把这项工作永无休止地进行下去，直到我不再说不。这引起了我的担忧。

　　围绕这件事情，甚至形成了一个竞争和博弈的局面。我父亲和我母亲的下属们，我母亲与我父亲两方面众多的亲戚，构成竞争的各方。谁能够介绍成功，谁就是在关键时刻对我们家做出重大贡献的人，他就有理由希望在日后获得回报。或者，哪怕没有任何回报，只要能把一个未婚青年变成一只翅膀低垂的沮丧的笼中鸟，这就已经是一个绝妙的回报。当然，上面这一点只是我的猜测。其中，我的姨姨们与我的姑姑们的竞争关系最为明显。我则像一个傻子一样站在人群中，我被他们期待着脱口说出一句他们一直在教我说的话。但因为我是傻子，我一直说不出那句众人期待的话。我说出的所有别的话，因为不符合需要而统统被否决了。一旦我说出符合需要的那句话，它就将被变为永久的铁一般的事实。这有点类似于我国的司法调查，一旦嫌疑人承认他是一个罪犯，他就真的成了罪犯，在他的供认之外并不需要有任何别的理由。但我当时并不像现在这样清楚，我不知道一个永久的牢笼已经张开口在等待着我的进入。我以为这只不过是一场偶然的恶作剧,很快就会落幕的。我以为随着我母亲健康状况的稳定,一个对于人性的正常的理解将会恢复起来,我头顶上的天空仍将是一片湛蓝。

事实当然不像我所希望的。我的压力在与日俱增。我快要成了一个不顾母亲死活的没心没肺的儿子。有一次我父亲又从太原回来,看我在家里召集了一群乌合之众围着电视机,兴高采烈地在看《霍元甲》,他脸上布满的乌云立刻增厚,仿佛马上要滴出水来。我知趣地关掉电视机,赶走那帮乌合之众,心中充满无限的内疚。我在内疚中寻思,既然母亲的疾病已经取消了所有的欢乐,我就不应该指望有任何意外的爱情降临,因为爱情也是一种欢乐,是一种更大的欢乐。我设想,如果父亲刚才看到的是,我正在与一个女子喜笑颜开地谈情说爱,虽然那是符合家庭利益需要的,也是符合他的要求的,他还是照样会愤怒,因为我已经没有独自快乐的权利。我终于醒悟到,寻求一个可以与之结婚的对象,只是尽一个儿子报效父母和家庭的义务,与那个儿子本身的快乐和利益并无关系。于是我决定,我将迅速地找到一个姑娘,跟她结婚,生下一个儿子,那个儿子将围绕在虚弱的母亲膝前,日日给她带来安慰。我这样想的时候,觉得自己挺悲壮的。这真是和平年代难得一遇的一个自我牺牲的机会。

事有凑巧。随后几天,我在回老家玩耍时,在小姨家遇到了她提起过多次的那个姑娘。她是去别的村子路经位于村口的我小姨家,进去绕一下。听到小姨喊她的名字,我明白了她是谁。但我最初看到的只是在院子里的阳光下一闪即逝的红衬衫,我也听到了她的说话声,但没有听清她跟小姨说了什么。小姨把她送出大门外,然后进到屋子里跟我说,那个姑娘去外村有点事,回来时会再来,到时要我好好地看一看她。我等了她大半个下午。我的眼前不时闪现出那件模糊不清的红衬衫。我想象着包裹在其中的那个具体的女子,她一会儿就会进到屋子里来。我好像觉得自己有几分焦急地在等待着有她出现的下一个时刻。在我觉得她已经不会来了的时候，她才出现了。她给我的第一印象居然不是我所想象出的一种羞怯。她只是站在屋子里跟我的小姨说一些家常话。我不跟她说话时，她不看我。她的站姿和她说话时的样子，似乎显得率性而又从容。她在回答我问话时脸上就露出笑容，那似是一种宽容的嘲笑，就像村子里的妇人们惯常对待外乡人的态度是一样的，因为她们觉得外面的世界是不可信的，是奇怪的。我突然产生一个浪漫的想法：我就是外部世界派来的征服她们的一个人，如同远方来的水手征服异国海岸上的妇人们是一样的。我真的就像一个初来乍到的外乡人一样，有点为那神秘的笑容所迷醉。她的脸是白皙的，看不到乡村阳光曝晒的痕迹。她与我同岁，也是二十二岁。她也正是一副二十二岁姑娘的模样。天色已经晚了，我还得回城里，于是我便向她和小姨告辞了。小姨追我到大门外，问我对她印象如何。我说下次再说吧。但我已经在心里捉摸着我何时再来。

　　事实是，从几天以后开始，县城与我老家之间的那条三十五里长的公路成了我短暂的爱情通道。我将不时地往返其间。我的爱情季节将持续一个秋天再加一个冬天。我每次下车以后，需要穿过一个繁华的集镇，再走过一个街道整齐但却并不容易走的村落，才能来到西阁外我的小姨家。姑娘的家就在那个集镇上，但我只是在路过时瞅几眼，并不走进去。我来到小姨家，让小姨去把她叫来。我们一般只在小姨家会面。这是因为在谈婚论嫁之前，双方家庭都只承认这是一种非正式的往来。只有到开始了正式的来往，才可以踏入对方的家门。我每次瞅见她家那个低矮、破旧、黑暗的门楣时，我都觉得只有那里才是我的爱情圣地，我的小姨家只不过是一个中途的阵地，迟早是要放弃的。

　　我在小姨家宽敞明亮的堂屋里独自一人等待着。一般要等到一两个小时，或者更久。经常是小姨一个人先回来告诉我，说她要过一会儿才能来，于是我继续等待。到她的身影终于闪进小姨家的大门，我的狂喜便在那一瞬间达于顶点。她跨过门槛，走进屋子以后，一个高潮平台上的欢乐进行曲便开始演奏了。

这时候，小姨就借故带着她的孩子出去了，而小姨夫不知为何总不在家。这样，空荡荡的明亮的大堂屋里，只有我和她两个人相对而坐。乡村里惯常的寂静，寂静中突然响起的鸡鸣狗吠，院子外面偶尔传来农家主妇们互相打招呼的说话声，都为难以突破的交谈增加了本不应有的凝重氛围。我费尽心机地试图打破这一氛围。但她却总是显出一副坦然而无谓的神情。她好像既能洞悉我的想法，又完全不把那些想法当回事。隔着八仙桌，我故意大胆地盯住她的眼睛，跟她说话，企图引起她热烈的反应。但这一目的似乎从来就没有达到过。那时候，我都跟她说了些什么呢？我好像说的都是我在三年师专学习生活中积攒起来的话题，它们都是与书本有关的话题，有时候我也夹杂进一些我对乡村习俗的自以为是的嘲弄。我说后一点只为的是在与她的谈话中占有某种优势。但她的所有应答，似乎都已经预先写好在她狡黠而好看的两只眼睛里面。她总是漫不经心地瞥我一眼，转而又望向别处。有一次，她居然发现有人在窗外向里窥望。她笑一笑，说，那是谁呀！窗外响起轻轻的跑步声和压低的笑声。这时她再看我一眼，似乎是告诉我，可以继续说下去了。我为刚刚发生的事情表示大为惊讶。她却只是淡然一笑。

当天快黑的时候，小姨就回来了。她故意把大门弄得哗啦啦响，然后才慢腾腾地走进来。她跟小姨说几句家常话，就要告辞回家了。一般总是这样的。这时候我总是吃惊地发现，她在与小姨交谈时，她眼中狡黠的光消失了，她就像突然之间打开了她心灵的又一扇窗户，这使得她光洁的青春的面容回到一种日常的诚恳的表情。她们所说的那些话，如同小溪水一样，流畅、明快、几无障碍。我很难想象，那些日常的会话，它们已经被重复了千百年，为何在妇女们那里能够始终含有一种恒定的激情。我奇怪地看着她们说完最后一些话。小姨把她送出大门外。我站在屋内，透过窗外的暮色，看她美好的身影消失在宽敞的大门的一侧。

深秋时节，我们订婚了。这意味着我可以去她家里了，她也可以来我城里的家了。我母亲还在太原治疗，家里还只有我一个人，但不知为何，她来我家时总是伴有乱哄哄的一堆人，我想这是因为我的亲戚、朋友和邻居们的好奇心。这样，我就只有在人群中观望她。她果然不是一个羞怯的姑娘。她有着一种出人意料的简练的大方感。她似乎已经要负起一个家庭里的女人的职责。这让我既感动又佩服。她似乎从来就没有过恋爱中的那种幸福而又痛苦的惶惑，正如那些时候燃烧在我心中的那种情感，她直接就到达了预定的目的地。这让我一度曾经怀疑她是否懂得什么是爱。

有一天，我把我最好的朋友带到她家里去。我们在青年时代应该都曾有过那样的感受，就是如果我们的朋友恋爱了，我们对他是不放心的，因为我们大家都是缺乏经验的，而女人的神秘是任谁都无法捉摸的。同时，我们的幸福也是需要别人来分享的。于是，我的朋友随我乘坐摇摇晃晃的破旧公共汽车，来到了她们家。已经临近冬天，屋子里生起了炕火。炕火就在临街的窗下。屋子里比较暗。我们三人围坐在火炉旁，居高临下地看着外面街上走来走去的人们。后来她就在我们所围拢的那个火上为我们做饭。我看着她做饭。我的朋友也看着。她不够熟练。但她表示，以后会熟练的。这一表示令我的心中升起一股暖意。我的朋友看看我，又看看她，无耻地笑出声来。但她并不在意。当我们坐上回城的公共汽车，我的朋友对我说，真是奇怪，那样一个镇子，竟然特意为你留下这样一位姑娘。他的意思是说，这样的姑娘不应该是在那里的。但她却就是那里的。不过她很快就会来到城里，来到我的生活中。她会离开那里，进入到一个新天地，而且她会很好地适应一切，正如她已经表现出的那样。那时候的我，把爱情想象成一个绵延无穷尽的过程，而婚姻只不过是其开端而已。

但我却至今还没有吻过她。在小姨家，有几次我试图那样做。她并不躲闪。她只是闭住双唇，令我无奈。不过有时她僵直的身体向后仰去。当我放开她，她庄重地坐好，重又表现出一副若无其事的样子。还有一次，也是在小姨家，是一个晚上，村子里放着电影，全村人都在村中央看露天电影。我等着她来。她竟然带了一个姑娘来了。那个姑娘很能说话，大有喧宾夺主之势。她却只是始终微笑着。不知她是笑那姑娘，还是笑我。我问了外面放的什么电影，然后开始嘲笑农村居然还在放这样老掉牙的乏味电影。她和她带来的那个姑娘都没有反驳我。她们只是有时狡黠地对望一眼，然后就同时笑起来。面对她们，我的确成了一个来自异国的水手。我和我想要勾引的女人们，我们以对对方的无知来互相加以理解。这种相互间的吸引，只是一种空茫而微妙的爱。它建立在某种时间和空间的差异之上。但也正因为如此，我们置身到了无比宽阔的爱域。我们近在咫尺，却仿佛隔着一个世界向对方走来。这令我非常激动，并充满了憧憬之情。

我的爱情存在于一块有待唤醒的处女地上。而我所爱的姑娘就坐在我的对面，她以村后面阳光下空阔山谷的宽容包涵住我对于未来的无伤大局的种种想入非非的小念头。不知我当时是否想到《安娜·卡列尼娜》中列文的妻子吉提。事实上她就是吉提。我却是一个比列文要坏得多的人。我宁愿自己是渥伦斯基。但我仍然为她是吉提而感到高兴。

我的情感随着寒冷冬季的来临，反而燃烧得越来越旺了。我母亲的治疗告一段落，全家人都回来了。母亲的病情暂时稳定下来，但我父亲仍处于惊恐之中。我的事情被异常紧迫地提到议事日程上来。这当然也是我所乐意的。但是，我开始产生一丝担忧。结婚是一项非常具体的事务。在这样的事务中，无论怎样的爱情都是被排除在考虑之外的。两个家庭通过媒人在进行着一轮又一轮的紧急磋商，为的是要在春节前后就把事情迅速地加以解决。很多事情就是在这种时候被毁掉的。我虽然年轻，却已经见过一些。我觉得这样的事情应该不会降临到我头上，但事实证明我的这种侥幸心理是多么的不切实际。就在我又一次去乡下看她时，她却正好进城了。也许她是找我去了。我们走岔了路。这是一个不好的预兆。我住到小姨家，等她回来，好明天再见面。但就在这天晚上，我父亲乘坐一辆吉普车，带着一伙人，突然降临。他对我说，婚事已经告吹，我必须立刻跟他回家。我至今记得，在小姨家门前那可怕的黑暗中，父亲像一个战地指挥员一样，身旁围绕着憧憧黑影，他站在中间，挥舞着手臂，连续两三遍，发布他的同一条命令。他是那样的坚决而无情。当我嘟囔着说出一两句话，想要挽救我那才刚刚开始的爱情时，父亲说，那就只有一条路，断绝家庭关系。

  第二天上午，我没有起床。我用被子蒙住自己。我觉得太阳掉落，天地一片黑暗。我听见我母亲挪动她虚弱的脚步，走进我的小房间，走近我的床前。她想要掀开我的被子，我不让她这样做，我紧紧地裹住，我把自己裹在黑暗中，不许放进来一丝光亮。我听不清她说了些什么。实际上我根本就没有在听。但我仍能听得到她在做过烤电治疗，声带被破坏之后，她所能发出的那种喑哑、微弱、断断续续的声音。我母亲像我父亲一样都是革命老干部。也许母亲比父亲多保留下一些柔情，但在表现她的柔情时，她僵硬的表达方式会把那柔情破坏殆尽。实际上他们是完全一致的。他们绝不会向人的情感让步。他们面对自己的情感，也是这样的态度。

  但是，当一个身体虚弱的母亲站在她儿子的床前，一副欲说还休的样子，此情此景已然构成一个可以焕发出情感的空间。因此，一阵沉默过后，儿子在被窝里失声痛哭了。他缩着身子，剧烈地抖动着，起初他还压抑着自己的哭声，后来他就大放悲声了。他本是一个从来不哭的人，但这不等于他没有痛苦。此刻他就在把二十二年来积攒的痛苦，像放掉一池湖水一般，打开了下水道的闸门。这是出乎母亲意料的。她说了几句鄙夷的话，就离开了。

　　二十多年后，又是一个萧瑟秋冬之际，母亲在前一年离世。现在父亲也不在了，葬礼在乡村举行，就是那个曾经的一闪即逝的温柔乡，这时候却是死亡，是二十多年时间的尘土将春梦掩藏。

　　送葬的队伍停在村落与集镇之间的那条河边。河流早已干涸。裸露的河床上没有任何回忆和秘密可言。送葬的队伍停下来，是为了让八音会尽情地演奏，以表示死之剩余，并非荒凉。

　　这时候，她走了过来。她从时间的另一头来到我的眼前。我惊异地把她认出。寥落星空上的两颗星不期而遇在暗淡的黎明时分。时间没有宽恕我们中的任何一个。她手里牵着一个儿子，怀中抱着另一个。她的两鬓已斑白。我的身上穿着凌乱的白布孝衣，头上裹着一块烂麻片。谁也不会把我们认出。只有我们还能相互认出。她流出了眼泪。她曾经美丽、狡黠、深不可测的双眼，流出细小的泪。不等我看仔细，她一转身就走掉了。

　　八音会奏响着天地间的音乐，送葬队伍沿着干枯的河床继续移动。坟墓就在前方不远的地方，只需拐一个弯就到了。

赏析

　　作者在这篇文章中以回望者的身份抒发了自己对昔日那一段恋爱

的深切回味之情。其中，特有的细节刻画和心理描写，形成一股强大的刺激流，宛如剪辑完美的电影画面，让读者在其目不暇接的追忆中享受着阅读的乐趣，给人一种窥视者的满足感。究其原因，是作者丰富多彩的内心活动和感情浓郁却又不失诙谐的文字，让我们对恋爱中人那种特有的多愁、善感、多色调、形态立体且富有质感的情感世界羡慕不已。

只有具备真情实感的人才能写出真情实感的文字。在这篇文章里，没有激情喷薄而发的高亢赞歌，没有干柴烈火间的完美邂逅，更没有游吟诗人似的呢喃自语，作者以缓慢自如的笔触，把自己的一次恋爱的始末交代得清清楚楚，一览无余。这看起来似乎是一个个例，但其实渗透了恋爱学里的一般理论（如果恋爱也是一门学问的话）——恋爱，必将以失恋而告终。人们常常把恋爱的归宿指向婚姻，这是错误的。其实无关婚姻，因为无论是否进入婚姻，人都将失恋。我甚至觉得，只有失恋了，人才能长大，就像人只有断奶了，才能长大一样。毕竟，恋爱和婚姻是两种不同的"爱"，也许前者还会更纯粹一些。我想，这也是作者为什么能写出这么一篇佳作的原因。可悲的是，人人都曾恋爱过，却不是人人都能将那份独特的感情诉诸笔端。

文章的前半段，母亲的患病打破了作者的恋爱计划，随即而来的"介绍对象"更让作者倍感烦恼，但在这看似一系列"被动"的推进之下，作者的内心其实已经有了恋爱的星火。试想，谁不想在青春放歌的年龄遇到"一个很好的闺女"？而在文章的后半段，作者在小姨家遇到了"她提起过多次的那个姑娘"后，全然忘记了自己起初的那个"既定策略"——无论如何我每次都说"不"，而是马上陷入了恋爱的陷阱之中，成了恋爱的俘虏。订婚之后，作者的恋爱之火"燃烧得越来越旺"，但却在走向婚姻的时候因一轮又一轮的紧急磋商不成而"告吹"。恋爱的失败，让作者有了一种"太阳掉落，天地一片黑暗"

的既视感。这充分证明了，恋爱不是计划（时间）的产物，也不是市场（相亲）的产物，而是缘分的产物。什么是缘分？缘分就是你遇到了自己心仪的人。这之前或者之后，所发生的一切都是巧合。

这种先抑后扬的笔调和作者恋爱前后的反差构成了一幅刚柔分明、活泼可爱的画卷：从恋爱之嫩芽破土而出的那种高傲，到幼小的蓓蕾里的谨慎，到玫瑰之花放肆地开放，再到绝望地落败，作者把情感的密码秘密地植入文字之中，展示了高超的写作能力。其间交织着的那些凌乱、高昂、激动、失落、悲壮、留恋、绝望之情，给人一种眩晕般的快感。

不得不说，这是一次肉体和灵魂的双重洗礼之后，于涅槃中感受新生的快乐，仿佛我也跟着作者又重新恋爱了一次（不仅仅是恋爱中，还包括恋爱前后）。在这充满动感的回忆中，作者通过追忆那段不成功（也许又是成功的）的恋爱，追忆到了青春期那段真挚而又细腻的感情。像成年人在把玩一只儿时的风筝，那关于恋爱的向往和天真的追求在天空中一一再现，而这一切都系于手中那根回忆的细线之上，既令人欢快，又让人感到沉重。仿佛恋爱就是每个人的一生中飞得最高的那个时刻，恋爱过后，人就因失去了激情而急转直下，成熟，进而衰老。

客观地讲，恋爱是甜蜜的，但更是痛苦的。写一篇关于恋爱的文章，尤其是这种无疾而终的恋爱，本身就如分娩一样让人感到阵痛，但作者却在这段痛苦而艰难的经历中提取到了欢乐和笑声，这无疑需要一份难得的宁静和坦然，但这种宁静是照片里的痛苦，这份坦然是浮冰下的流水，正是这份宁静和坦然于文章之外，画上了一个大而朦胧的感叹号。

文章最后，葬礼是一个巧妙的暗喻。在父亲的葬礼上，两人不期而遇。而此时的"遇"，不是令人欢喜的，它预示着这段感情的彻底绝灭，也间接地承认了现实的残酷。也许，对于失恋的人，唯有再次遇见，才能真的放下。也许，唯有回忆生命中曾拥有的那些美好，才能有效地抵抗机体上的衰老。

（韩山）

父女之间

中午十二点半,她打来电话,说她已到了学校。她的声音一如往常,只是顺着电话线从百十里外传来,就像是有所不同了。你的心一下子伤感起来。女儿长大了,必须进入另一个空间,那个空间不论称它为学校、社会、集体,还是别的,总之都是一样的:在那里,不会有任何人对她像你对她的感觉一样,因为那里没有父亲——唯一的父亲只能坐在家中。对于父亲,女儿的外出,哪怕是极为短暂和极小距离的外出,她都是令人担忧的,她的弱小无助、她的诚实和善良、她的孤独和无知,她的所有的一切都成为你为她担忧的理由和原因。

想一想昨天晚上,她还和你坐在沙发上一直谈到很晚。她笑得多么开心呵!那是因为你故意对她发表一些貌似深刻的所谓人生哲理,你以一本正经的样子,用荒诞不经的语言,讲着她这个年龄尚不能完全理解的一些话。你并不为了教她什么,你只是拿别人的思想跟她开玩笑而已。她果然笑得上气不接下气。你的女儿,她只有在你面前,才是安全的、健康的、可爱的,不可能遭受任何一丁点侵犯的,何况,她的更为强大的守护神,她的母亲,正在里屋床上坐着织毛线,她在跟着她的女儿一起笑,她为她的笑而笑。此时此刻的三口之家就像一个三角形一样坚固。这样的夜晚多么令人留恋呵!

然而,现在的她已到了另一个地方。只有四十分钟的车程,却已经是遥不可及。在那里,没有你,没有她的母亲,没有坚固的三角形。

她不可能受到单独的注视，不可能有人仅为逗她发笑而滔滔不绝，她孤单地走在成百上千的人们之中，她生活在老师们视若无睹的目光之下，她处在了一个庞大无比的集体之中，她成了真正的个人，一个承担着恐惧、危险和责任的人。

她十六岁了。这应该是一个不小的年龄了。这是她所称的花季。你不知道这个词究竟是什么意思，这是她这一代人的流行词语。但这又有什么关系呢？你是一个父亲，你是你唯一的女儿的父亲，你们之间的关系并不因为语词的变化而变化。对于如何做父亲，你的确没有多少经验可以借鉴。你自己的童年时代是荒芜可怕的，这使你觉得你有责任给你的女儿一个多少好一点的童年，于是，你从来没有仿效过你自己的父亲，你绝对不是一个严父，也许你真的对她是溺爱的，而这种溺爱当然不会对她的成长有利，但是，给予孩子以过多的爱，仿佛是对自己童年的一种补偿，你像一道决了堤的河坝滔滔汨汨，欲罢不能，你甚至不能理解你为什么有着如此充沛的情感的水量。

昨天晚上，你对她说，已经十六年了，你却还一巴掌都没有打过她，你作为一个严父的形象完全没有树立起来，而且这辈子恐怕都不可能了。这又使她笑得岔了气。她一边笑着一边手指你的卧床说，你打过我，打过我，就在那张床上。那是她七岁刚上小学一年级的时候，有一次给她输液，她竟突然举起液体瓶子，站立于床头，其姿态之决绝和罕见叫你又气又笑，你一把抓过她，按倒在床上，打了她屁股几巴掌，她的哭声震天响。那是她唯一的一次大胆叛逆，也是你唯一的一次对她抡动巴掌。这个故事小到不堪提及，它只是家庭史上一粒芝麻大的笑料而已。她自己也明白这一点。

昨天晚上，你笑她怎么上了高中还在读什么《皮皮鲁和鲁西西》。《皮皮鲁和鲁西西》是她上小学时买的一本童话书。她大笑着辩解说，上厕所只能读轻松的。于是，话题从这里开始，就一发而不可收了。

她挥舞着她的小手，使劲表示她对苏童小说的不理解，她说她永远不可能对人生抱有悲观主义的态度，她永远不会发神经病，她高兴做一个正常的人。她说这些苏童王安忆为什么总是那样不住嘴地呼噜噜地叙述。她说，她只有在读《红楼梦》《安娜·卡列尼娜》和《约翰·克利斯朵夫》的时候，才会激动和惊叹，她说为什么苏童王安忆不像托尔斯泰那样去写，她又说卡列宁和列文几十页几十页谈政治的时候令人讨厌。总之，昨天晚上，她说了很多，你也说了很多，那真是一场热烈的交流。你欣喜于你的女儿已经能够对文学有一些理解，而她现在只有十六岁，她今后还必将会有更多的理解，这有多么好呵。

但是，现在，话筒里只传出干巴巴的一声"我到了学校，我准备去吃饭"。这对你无异于一个强烈的信号，它表示她的孤独的新生活又在继续了，她又要坐在课堂上打瞌睡，在黎明的操场上被罚跑步，在乱哄哄的校园里淹没到人群中。

你，一个徒劳无益的父亲，只能站在远处张望，你一点都帮不了她。她的乐观主义的人生将在窗外的风沙中经受漫长的打磨。她最终将走往何方，这是一个无解的难题，是对一个父亲的终生的拷问。她曾问道，老爸，什么是宿命？回答是，无论你有怎样的愿望，无论你怎么奋斗，无论你的道路多么曲折，你最后的终点却是早已确定了的。她说，哈，那我相信宿命！这就是她的乐观主义。

一个快活的女儿和一个惊慌失措的父亲，你们共同站立于时代的诺亚方舟上，你们是一个整体，可你们又是分属于不同的两代人（这有多么荒谬），呵，但愿你们能够相互拯救，既为了你们自己，也为了这个时代，因为，在这个精神匮乏的年代里，没有你们之间的连接，一切便不可能显得如此丰富……

赏 析

就是一个电话，就是一次别离，就让一位父亲心中翻江倒海、愁肠百结。那浓得化不开的爱与哀愁，让这位父亲禁不住自言自语，于是，有了这篇"不安之书"。

如果说，《我与地坛》里，史铁生是从一个儿子的视角，去回想感悟母亲那种犹豫小心里所饱含的无限痛苦和深情；那么，聂尔老师的《父女之间》，则是以一位父亲的角度，源于女儿离家前后的心理落差，而倾倒出的内心深处的失落伤感与惶然不安。

在大量三口之家坚固"三角形"的美好回忆，与诸多"另一个空间"不确定因素的可怕设想的交替叙述中，作者不仅让我们看到了现代社会独生子女父母面对唯一的孩子离开家的那种"惊惶失措"，而且让我们感受到了在家庭、学校、社会等复杂环境里，每一个个体（包括成人）生存、成长的痛苦和艰难。

这个喧嚣的世界，大象席地而坐，我们却视若无物；冻蜂在角落哀鸣，我们当中最敏锐的人，却用愚蠢封闭了自己的感官。

太多的人和事物，需要我们看见，需要我们听见。可是，沉默的乌合之众看不见摸不着的力量，让我们所面对的，真的是"无物之阵"。面对如此状况，每一个个体真的只能惶惑，只有无限的不安和深深的无力。

于是，有人本想找一根孙悟空武松用的那种棍子，最后，却只能买一根奶油冰棍。

你看聂尔的文字越多越投入，你就越会发现：在他尺寸文字之间，居然可看到大千世界。

在《父女之间》这篇文章里，你就可以看见许多。

于是，一位父亲惊惶失措，因为，他唯一一个珍宝一样的小红帽，突然离开他安全温暖的怀抱，投身于茫茫人海广漠天地之中……

　　文学作品离不开想象，丰富的想象。而文学想象的核心错误，就是容易忽视构成多彩世界的每个个体的独特与不同。于是，我们常以为别人都像我们，并且一定和我们感受的一样。

　　所以，所有这些，可能只是当时情境下，一位独生女儿父亲，在突然面对女儿长大离家时，一时不适，而生发出来的无限的、也很正常的担忧。

（马艳芝）

爱与希望
——在女儿婚礼上的致辞

让我们先从开头讲起。

2006年5月，聂小晴从武汉发来短信，告诉我们杨崇山成了她的男朋友。这个陌生的名字瞬间震惊了我们。但是聂小晴宣称，杨崇山是一个简朴、真诚和热情的人。事情于是就这样发生了，它几乎是不可阻挡的。随即，聂小晴在她的博客上公布了一张照片，是他们两人在北京夜晚的灯火中，并肩走在一座桥上的背影，她在这张照片下面问道："能够走多远？"现在，这个问题有了答案：他们走过了七年零四个月的路程，他们决定要走得更远，走向永远。

但我们总是会低估爱情的力量。在过去七年中的无数个夜晚，我们半真半假地"拷问"聂小晴，我们追究她的爱的根源、动力和基础。她的每一次的回答，都是那么真切而又淡定，没有夸大，没有海誓山盟，没有矫情和浪漫，没有动摇。并且一直如此。今年五月，他们决定将他们的爱情带入到婚姻中。

这真是一个重大的决定，但仍然没有豪言壮语。照了结婚照之后，聂小晴抄钱锺书《围城》里的一句话到她的微博上，这句话说："结婚无需太伟大的爱情，彼此不讨厌已经够结婚资本了。"接着她又写下顾城的一句话："一个彻底诚实的人是从不面对选择的，那条路永远会清楚无二地呈现在你面前……"这两句话加起来，算是一个爱情和婚姻的宣言吧。然后，微博晒出了他们的结婚照，那上面洋溢着他们的庸常可见的幸福的笑脸。

爱情无须感天动地，这颗珍珠属于相爱者自己，它独一无二，熠熠闪光，因为无可选择而无可估价，因为永远珍藏而历久弥新，因为不断地磨砺而成了家庭的基础。这就是杨崇山和聂小晴用长达七年多时间的爱的积累和爱的证明，以及在此刻对未来的承诺，给我们讲述的爱情故事。

我们——我和小晴的母亲，我们确信经过这么长时间，我们理解了你们的故事，我们看到了你们之间的爱和信任、自由和平等、自信和尊严。这令我们无比的欣慰。在今天这个特别的时间，我们对你们提出如下的希望：

你们要在家庭这间课堂里继续学习爱的艺术，同时还要学习更多其他的东西，学习一切可以学习的。这是因为，一个完整的家庭已经无所不包，应有尽有，同时也因为，学习本身就是一种爱。

你们还要学习另一门艺术，那就是希望的艺术。你们要在温暖的家庭里培植、养育、葆有和壮大你们各自的希望和你们共同的希望。那样就一切都会有的。

衷心地祝福你们！

祝福你们的过去、现在和未来！

赏　析

这是一篇不落俗套的新婚致辞。这是一位父亲对孩子深沉的爱、由衷的祝福。是爱和希望。相信你还可以从字里行间读出有关婚姻爱情稳定美好的"秘诀"。比如"简朴、真诚和热情"，比如"彻底诚实"，"彼此不讨厌"，等等。

这位父亲在不经意间倒出一对恋人，长达七年一路走来的，有关爱的"秘诀"。

如果你看过另外两篇有关女儿成长的文章(《父女之间》《我的女儿》),你就可以发现,不同时期这位父亲的虽然忐忑其实充满智慧的教子之道。

人们需要爱,就需要有爱的能力。而这种能力,除了学习,不断地学习之外,没有捷径。

会爱,有爱的能力,能各自独立,又能有"共同的希望"。

这可以算得上是爱的秘诀吗?当然!是的!

(马艳芝)

审　讯

　　我母亲把钱包丢了，那里面有四十多块钱和一些粮票。

　　我母亲一定找遍了钱包可能遗失的每一个角落，但她没有找到。母亲是一个行事果断、冷静、有方法的人。她没有立刻将此事告知我的父亲。

　　但是，除了我父亲，家里的每一个人都知道一个钱包丢失了，院子里的邻居们也都知道了，我当然也知道了这个丢失的钱包，我也和大家一样笼罩在一片紧张之中。

　　那个钱包我见过若干次，至今还记得它的形状。它是黑色的、粗糙的、扁平的，现在想起来它可能是用低劣的猪皮制成的。我看到它的时候它从未鼓胀过，因为那里面的钱是从来不多的。这一次里面有四十多元的巨款，是因为我母亲刚刚领到工资，她的工资是三十六元，加上钱包里剩余的几块钱，就超过了四十元。这种情况是极其少有的，因为每次工资发放以后，马上就存入了银行，或者锁进了那只深红色大箱子的底部——那是我们家的保险柜。我母亲在这方面是极少犯错误的，但是这一次，她把钱包留在"保险柜"的盖子上，她自己却出去了一会儿。这真是不可原谅的过失，我想我父亲知道这件事的话，首先一定要训斥我母亲，其次才会考虑钱包的去向。

　　不知道过了多长时间，是半天还是一天，反正这中间的一段时间不会太久，我感觉到人们好像猜到了寻找钱包的可靠线索，他们变得轻松起来。他们对我说，钱包是丢不了的，因为拿钱包的人是跑不掉的，既然人跑不掉，他就没法把钱包里的那笔巨款花掉。他如果把钱包拿出来，对大家都是好的，没有人会追究他，相反，人们会感谢他，因为首先是因为我母亲的过失，如果我母亲不让钱包独自暴露在外面，它也就不会对别人形成诱惑。

听起来言之成理，但我还是感到，无论是人们这种轻松的论调，还是他们故作放松的神态，都是针对我一个人的。好像所有的人都瞒着我一条至关重要的消息，包括我最信任的也最信任我的奶奶。而他们之间却仿佛取得了共识，他们在向我讲述上面的道理时，有几分说不出的诡秘，这让我感到不安。我模糊而又明确地认识到，我是一个嫌疑犯了。

这时候我上小学四年级，可能是十二岁。在此事发生的前一年，我邻居张老师家丢了一块手表。那更是轰动全家属院的大事。手表的偷窃者是我西边邻居家的女儿，我的同班同学小燕子。当所有怀疑的目光指向小燕子的时候，她们家的大人一定承受了巨大的压力。至于小燕子心中的压力有多大，我不得而知。因为她长着一对斜眼，很难从她的眼神中发现什么。况且，我那时知道了她是大家认定的偷窃者之后，哪里还敢正眼看她一眼？大人们愤怒的窃窃私语没有瞒着我，使我受到了一次恐怖主义的教育。我知道了，如果哪个孩子敢偷窃，成人社会的共同的愤慨会有多么巨大。

这一次轮到我了。因为只有我一个人知道钱包不是我偷的，所以没有哪个人知道我的心中是多么从容。我庆幸自己没有见到那个钱包，如果我拿了它，那我现在该怎么办？我很清楚那漫长的几天我终日暴露在众人的目光之下，但我没有丝毫的恐惧。这样说也许是不准确的，真实情况是我那时在一种兴奋的对抗情绪中等待着，等待着他们对我的审讯，像对小燕子那样。如果说我也有那么一点紧张，那是一种等待下的紧张，就像站在月台上等火车的人一样。不同的一点是，等火车的人最后能够进入那个庞然大物，和它融为一体，而我所等待的唯有对抗和分裂，我以我少年的软弱、无力、渺小，对抗周围的所有一切，其力量之悬殊超过了旅客之于火车。

审讯终于要开始了，但它远非我在漫长等待中所想象的那样。

那是一天清晨上早自习的时候，全教室的人都在背诵课本，我的声音混杂在同学们嘈杂的声音之中。能够消失在众人之中，是一种难言的幸福。尤其处于当时的情况下，我感到了这种幸福的凄凉意味。但我不顾一切地手捧课本大声吼叫，以期能够让自己听到自己的声音。这类似于我们今天常说的认识自我——人们需要在公众的喧嚣的场合而不是在一人独处的时候认识自我。

就在这个早自习上，张老师（张老师是一个异常严厉的女人，她又是和我们家关系密切的邻居，同时她还是去年那起手表失窃案中的失主）巡视时走到我身边，拍我的肩膀示意我出去，我跟着她来到教室外面。教室门在张老师的身后关闭，嘈杂的声音立刻变得沉闷，众人的世界仅一门之隔而显得遥远，我意识到我这是在单独面对着张老师。张老师说她要和我谈一件事。我说嗯。她说你把你妈的钱包拿出来吧。我想说，你怎么知道我拿了钱包？你有什么证据？你为什么不先问我拿了没有而直接就断定是我拿的？是谁告诉你的？谁要你来跟我谈话的？但我实际上什么也没说，我只说我没有拿钱包。她说你现在把钱包拿出来就什么事情也没有了，任何人，你的所有同学都不会知道这件事。我说我没拿。她又说，你到底拿不拿出来？我说我没有。她说，你是不是聪明过头了？我说我没有。

对最后一问的回答包含两层意思：首先是我没有拿钱包，其次我不认为自己聪明。我从一进学堂上小学一年级起，大人们就认为我比别的孩子聪明，他们的根据只是我写的字比别人写的端正，我对课本表现出一些兴趣，而别的孩子们只是一味玩耍。我一直暗自反对大人们对我的这一看法。我自己知道，我之所以把字写得端正，对课本表现出兴趣，只是因为胆怯，因为我知道我如果按大人们要求的去做，我就不会受到惩罚，而别的孩子不怕惩罚，面临惩罚的时候他们或者能够机智地逃避，或者勇敢地对抗。我羡慕他们。但是老师和大人们谁都不知道我实际上是一个非常胆怯的人，以至于现在他们竟错误到认为我敢于去偷窃一个钱包——一个金钱、权势、成人神秘世界的象征。这是根本不可能的。我倒是希望自己敢于这样去做，就像斜眼的目无一切的小燕子一样。但我连她这样的女孩子都不如，而且我知道我将永远也不敢步她的后尘从正面去挑战压迫我们的成人世界。

前一年的小燕子在交出了手表以后，仍然斜着眼睛看人，仍然挺着胸脯走路，仍然又说又笑，照旧和大人们搭话，倒是大人们和她说话时表现出不自然的态度。她真是一个了不起的女孩子！

可我不敢，所以我说我没有：既没有偷钱包，也没有做那种事情所需要的勇敢精神。

张老师没有打我，她打过所有的同学，就还没有打过我。这一次我渴望着她的巴掌落在我的脸上，这样我就能知道我在面对不公正的时候能够反抗到什么程度。但她却说你回去吧。我推开教室门，一股巨大的声浪将我袭击。我重又回到安全的集体之中。想一想所有的同学都被老师拉出去单独挨过打，他们需要怎样的胆量和结实的腿脚！我惭愧地坐回到我的位置，竟没有人向我这里多看一眼。我自以为了不起的磨难，完全不能和他们相比。不过，我尚未摆脱困境……

接下来的两天，我接受了母亲和奶奶的盘问。那称不上是审讯，尽管她们声色俱厉。我所等待的是我必须迎接的真正的审讯，那就是面对我父亲。

我母亲在解决不了问题的时候才要利用父亲的权威。父亲是煤矿的革委会主任，这家煤矿有上千名职工，因此父亲是一个大官；父亲发起火来如狂风暴雨，不发火的时候像电闪雷鸣；父亲无暇过问家中琐事，一经过问便做出无可怀疑的结论；父亲在心情好的时候也和我开过玩笑，一年中不超过三次，那是我在接受上帝的亲手抚摸，其恐怖超过大众集体的愤怒……我在等待着父亲的威严降临，尽管他那几天每天回家，但他尚不知情。

不知等了多长时间，这一刻终于到来了。在那间我们日常起居的狭长的房间，父亲坐在里面一头的一把高背椅子上，他的周围站满了人，是我的家人、亲戚、邻居、老师（张老师）。我单独一人站在窗户下的一小片阳光里，我感觉到阳光温暖地照在我的脊背上，但我不知道我的目光应该朝向哪里。

这是公开的最后的审判。为等待这一次审判我花了太多的心力，我觉得自己一站到审判席上就会晕倒，因为我天生的懦弱在面临压力时搞得我精疲力竭，一点力气都没有了。可我还能够站住，我在心里感谢身后的一缕阳光，是它支撑住了我的身体，并给了我一丝清醒中的醉意，使我沉重的身体在压力之下变得轻盈。

可这最后的审判在一瞬间就结束了。父亲问，你拿你妈的钱包了吗？我说没有。父亲说，你真的没有拿？我说没有。他说，你出去吧。我没有听清，也许是我还没有来得及接收完这一使人完全不能相信的讯息，我呆着没有动。他提高声音又说，你出去吧！

我出了门外，没有走远，我等着把我叫回去重新审讯，因为我相信最后的审判是不可能这么快就结束的，这只是一个序幕，大戏还在后头。父亲需要别的人给他贡献意见，他突然从云端降落到地面，还一时看不清形势。可是谁能想到，再也没戏了，没有人再叫我，没有人再提钱包二字，母亲不提，张老师也不提，所有的人都仿佛忘记了这回事。也没有人告诉我对我的审判得出了什么样的结论。于是我认为，我被判无罪。

光阴荏苒，转眼到了又一个季节。

有一天，我在家中玩耍，突然发现那个黑色的钱包就在我的眼前。我的玻璃弹子跑到了我母亲的箱子底下，就是那只用作保险柜的深红色的巨大箱子，我母亲把家里的所有财物都锁在里面。它是用两排断砖支撑着的。我的玻璃弹子把我引到了两块烂砖所形成的一个隐秘的角落，钱包就夹在那里面。上面已经落满了灰尘，使它原先神秘的黑色显得不再那么可怕。我于是顺手将它拉了出来，兴高采烈地跑着，喊叫着。我母亲应声而来接住了钱包。她首先打开钱包查看一番，里面一分钱不少。

她盯住我，面无表情地说，你这个小滑头！我知道我没有错。

我恍然大悟，原来审判一直在持续着。在父亲的权威没有奏效之后，他们等待着自然的诡计。我终于没有逃脱。

我母亲又走进厨房，晃着手里的钱包对我奶奶说，钱包就是他拿的，这个小滑头！不要再跟别人说了，也不要跟他爸爸说。

这样，在一个较小的法庭上，我被轻描淡写地定了罪，那定罪的证据是由我自己提供的。

赏 析

生活在 21 世纪的孩子不知道四十元"巨款"对于 20 世纪七八十年代的人来说有着怎样的意义与价值，这也就是作者三番五次接受审讯的缘由。作为事件的亲历人，作者呈现了儿童世界的纯真纯净，与之形成对比的是成人世界的"自以为是"。

"审讯"开始了，起初大人们是敲边鼓，在外围做舆论攻势，并没有打算正面进攻，想让我这个当事人主动跳出来。但"我"知道自己是清白的，因为钱包不是"我"拿的。没有能够"引蛇出洞"，大人们就请既是"我"的老师，又是"我"的邻居的张老师出山。张老师说我"聪明过头了"，我则以一语双关的"我没有"，来了结第一次正面审讯。第二次母亲和奶奶的审讯充其量只是"盘问"，自然没有结果。真正的审讯来自我的父亲。一向威严的父亲坐在高背椅上，周围是众多的旁听者。嫌疑人是多么的渺小，只有身后的一缕阳光给了他支撑，让他不至于精疲力竭。他被判无罪。

　　事情并未结束，因为钱包仍然没有踪影。最后还是"我"找到了钱包。于是"我"成了"我"的罪证的提供者。这对于一个儿童来说是多么的诡异啊！其中的残酷性却往往被有意无意地忽略了。

（崔刘锋）

我的儿子

几天前的一个晚上，妻子接到一个电话，说在一个妇幼保健医院，有一个新生的男婴等待着有谁来收养。我们被认为有可能来做这件事。妻子告诉我这个消息的时候，并没有要征求我的意见，她无可置疑地断言，她的家庭无力再抚养一个孩子。我想了一下，同意了她的决定。那是因为，我已经过于衰老和衰弱，已经无法成为我一直在想象中构思的那样一个父亲的形象。

那天晚上，女儿也断然表示了反对的意见。妻子是出于经济的考虑，女儿则不愿一个外人的进入，尽管这个外人只是一个婴儿。她们是对的。但也因此我又一次想到，女儿就是女儿，她既不能够成为父亲的愿望，也不能够成为父亲的叛逆。她是家庭里善的因子，她是天使，是上帝的羔羊。总而言之，她是激发怜悯和慈爱的人类的普遍性。

我的理想之一是，养一个男孩，亲手喂养他，抚养他，看着他，让他在我的屋子里长高，长大。然后，我把我完成或未完成的想法告诉他，使他能够理解；或者如果他不理解，用他年轻而残忍的目光抗拒我嘲笑我，我也不会过于痛苦。直到有一天，他倔强的身体走出我的家门，去闯祸，去干一些只有男人们才干的勾当，他为冲出家庭的樊篱和我的掌握而兴奋。从此他消失在我的视野之外，我再也够不着他。而当我衰老和死的时候，他回来了，他年轻、结实而又成熟的身体站在我垂死之床的跟前，用冷静的目光看着我死去。我于是便死去。

我一直希望我有这样一个男孩。但是我国的计划生育政策阻碍了

132 / 人是泥捏的

我的希望，使它不能实现，把它变作了一个纯粹的空想和理想。

妻子生下的是一个女儿。我们对女儿的爱仿佛动物对它们的幼仔。一个女孩可能比一个男孩能够更多地体现人性，但我们对女儿的爱却比对男孩的爱更多一些动物性的因素。一个父亲与他儿子的关系就不一样，他们通常能够形成某种人性的紧张对峙，并从而消泯掉那种动物性的"舐犊之情"。但是父女之间则一般不会形成这种情况。

我往往一个人呆想，如果我有一个儿子，我和我的儿子就像当年我父亲和我一样，我们没有共同的语言，没有很多的家庭情感，我们之间的关系由对抗、恐惧、厌恶和逃避来组成。对于我的儿子来说，我，一个无可理喻的父亲，意味着家庭的墙壁、社会的铁门、道德和非道德的无可逃避的开端，等等。我儿子，我亲手种植的一棵疯狂成长的小树，将会以他的蛮野和勇气，推倒墙壁，撞开门，像一支利箭从开端处射走……

这就是我儿子，我那未曾有的儿子。

他给过我幸福的感觉，我却不知道他成长在何处。

赏析

这篇文章无疑是所有写人作品里最有难度的，所写对象完全不存在，需要想象。所以作者重在写精神，写灵魂。精神分析心理学认为每个男孩都有俄狄浦斯情结，即与父亲对立，杀父娶母。父亲这个词意味着家庭权力的核心，而男孩想要独立自主，就必须反抗父亲的权威，取代父亲掌握家庭权力，在这个过程中，男孩成长为铁骨铮铮的男子汉。

课文《父母与孩子之间的爱》以学术论文的形式告诉我们父爱与母爱的不同，而《我的儿子》以随笔的形式告诉我们养儿子与养女儿的不同，这就多了很多的文学性。作者用比喻的方式来写不同，如把对女儿的爱比作动物对它们的幼仔，把女儿比作天使，比作上帝的羔羊，表现养女儿更需要慈爱，表现女儿天性的善良顺从；把儿子眼中的父亲比作家庭的墙壁、社会的铁门，儿子眼中的父亲是需要反抗的权威，把儿子比作疯狂成长的小树，比作利箭，突出儿子追求独立自由的形象。作者在想象中把自己假想的儿子养大，成熟的儿子却冷静地看着父亲死去。在这里，鲜活的场景代替了空泛的议论和说理，使得文章形象生动、深刻有力。

（姚松青）

狗　蛋

　　狗蛋是我侄女女儿的小名。其实谁也没有说过这是她的小名，但她的妈妈、姥姥和姥爷都是这样时时刻刻叫她的，我据此认为这就是她的小名。她现在尚不满一周岁，是一个一直被人托在手上、抱于怀中的小人儿。

　　她经常无缘无故地哭，但她姥姥总能为她的哭找出各种理由。姥姥坚持认为，狗蛋的哭是一种理性的诉求。而姥姥和妈妈的任务之一就是破译和解决她的诉求。就目前而言，狗蛋的任何诉求都不被看成是无理取闹，于是她也就不是一个无理取闹的人，而是一个总能提出正当要求的人。人民总是有理的。她是家中唯一的人民，一个单数的人民。

　　她也经常无缘无故地笑。她哭着哭着就笑了，笑着笑着又哭了。她的哭与笑之间缺乏过渡。但她笑起来的确与哭不同，她的笑令人赏心悦目。啊，狗蛋笑了！面对她的笑，她的母亲经常这样惊呼。至少她的笑不是一个需要解决的问题。笑表示她与环境达到融洽的相处，暂时没有问题了。但是，也许问题就在笑的瞬息之间产生了，于是，她由笑变作了哇哇地哭。这时候，任何人，包括她的姥姥，都不再能够把她的哭与笑连为一体，解读出理性的含义。但即使是这样的非理性，仍得到最为温柔的理解与呵护。

　　狗蛋称我为爷爷。她当然还不会这样称呼我，但她应该这样称呼我。在我和她之间，确实存在着这样一种不容置疑的关系。于是，她的姥姥和妈妈指着我告诉她，这是她的小爷爷。她用水晶一般明亮的双眼望着我，没有任何表示。我却得对此有所表示。我的表示就是，我很惭愧。我哪有资格当她的爷爷，但我却就是爷爷了。我既无法推掉这么一个德高望重的身份，只有暗自惭愧了。

狗蛋的成长几乎是每日可见的，况且我并非每日都可以见到她，所以每见之下，总是十分惊异。她的手的力量已经大到可以抓破人的面皮，有她姥爷的面皮为证。如不严加防范，她对自己的小脸也会无情地施以手段。她还会在不经意间抓破一张纸。她喜欢抓书。因为书是一种有价值的东西，所以，喜欢抓书就表明了她对于某种价值和价值观的亲近。她的姥姥对此颇有自豪之感。

狗蛋虽然还不能行走，但她已经可以在人手的搀扶之下，以茶几为依托，俨然形成一个站姿了。她咿咿唔唔的叫喊，有时夹杂了baba这样的声音，听起来也似大有深意。

我前几天的一个晚上去看她。在过了夜里十点钟的那个时刻，她还在灯下略无睡意，双目炯炯有神地望着我，令我确实感觉到了现世的实在和类似幸福的，比幸福更加悠远的某种东西。

赏 析

这是一篇不足六百字的短文。直接以文中婴儿的乳名作题。这样的题目既容易想到，又出人意料，既严肃，又滑稽。我们在指导学生写人物时这样要求学生：写出人物鲜明的个性。但尚不满一周岁的孩子有个性吗？这难不倒作者。婴儿没有个性，但有特征，她的特征就是哭和笑。在第二第三段总计三百七十五个字中，有十处"哭，十四处"笑"出现。这样一来，可不是抓住了人物的特征。

怎样才能抓住人物特征？教材这样说："要学会感受，感受人物的喜怒哀乐。"婴儿的喜怒哀乐，就是她的哭和笑。她那么小，但她却仿佛在为我们所有人哭，为我们所有人笑，于是她为我们带来了"现世的实在和类似幸福的，比幸福更加悠远的某种东西"。

此类文章的写作难度可想而知。写好难写的对象，非有非凡的笔力不可。

（崔刘锋）

人是泥捏的

第〇辑

铜枝铁干

依我看，我们目前所处的这个时代处于印刷文化的末期，网络文化的前期或中前期，智能化时代的发端期。

也就是说这是三种时代或三种文化的混合、交合时期。

这涉及和影响到我们手中书的形态的变化，

以及我们对书的看法和态度的持守。

我喜欢饱含思想之血的文字
——答《山西日报》记者杨东杰问

一、生活和阅读

问：什么时候起，您开始被人称为作家，这个身份对您来说意味着什么？自从您拥有了这个身份以来，您的生活和精神发生了什么变化？

答：我一直对作家这一称号怀有矛盾心理，不知道这是一种身份的焦虑，还是童年和少年时代的压力始终未能完全解除。仅靠写作或相关的技能来挣一份生活，无异于不劳而获：你吃的粮食和穿的衣服是从哪里来的？"文革"期间乡村学校的伙伴们的质问从未完全消失。别人在人造小平原上来回奔忙地劳动着，而我只能做一份记工分的活儿，这样的一种羞耻感一直伴随着我。后来读马拉默德等犹太作家的小说，明白犹太知识分子必须身兼一份写作之外的职业，这让我不无遐想：如果我能一边做一个鞋匠，一边写作，那有多好。但我手笨，几乎不会做任何事。很多年前的一天，路边的一个鞋匠招呼我，他可能想跟我聊聊，我却莫名其妙地拒绝了他，只顾自己走路，回到家我后悔了一阵子：可能并非所有人都是自我的影子，但确实有这样的人。另外，现在很多时候，我觉得自己像是在刺探别人的隐私，同时也在兜售自己的隐私。必须忘记这种感觉带来的不适感才能写下一点东西。因此，"作家"就像一位无形的魔术师手上的一顶帽子，我们只能任由他给我们戴上或摘下。不过，这种身份和命运的飘忽感也有它的奇妙之处。

问：纳博科夫认为生活只是一个非常滑稽但残酷的玩笑，在您的散文中有时也能体会到类似的荒诞意味，您怎样看待这个观点？

答：纳博科夫有点像俄罗斯小说中的"坏蛋"，我们在陀思妥耶夫斯基小说里经常可以看到这样的坏蛋，他们是上帝的另一面，是撒旦。纳博科夫本人比那些坏蛋还要既聪明又恶毒一些，这就是很多人读纳博科夫会感到不适的原因。没想到我的散文中居然也有这样的影子。我想我们无论写多少散文，其中的主人公只有一个，就是这个世界本身。而这个世界的确有点疯狂，哪怕我们用最善意的眼光看它。有一位研究生曾经问我，难道生活真的有那么荒诞？我们又何以抵抗呢？我当时嗫嚅着回答他说，大概我们所能做的只是写出它来。

问：您说最崇拜和喜爱的作家是托尔斯泰和卡夫卡，他们从哪些方面影响了您？您怎样看待他们？他们建造的世界跟您的生活之间是否有某种联系？

答：托尔斯泰的小说如同阳光照临的世界，他的小说的开头像某一天的早晨，而他的结尾则像是一次旅行的结束。他的心理描写的那种分寸感，过去被称作心理辩证法的，如同光打在物体上，质感和阴影都有，恰如我们平常人对世界的感知方式。他的世界既不像陀思妥耶夫斯基那样过度的阴暗，也不像莎士比亚那般狂暴，不像现代派那样内倾，又比一般古典作家多了人的丰富性。他的叙述节奏如同日光的挪移和季节的变换，正好可以唤起人对于世界如其所是的那样一种惊叹和慰安。托尔斯泰是站在现代与古典门槛上的大师。我对托尔斯泰的领悟是一个漫长的过程，在对现代文学的阅读之后回望他巨大的身影，才更清楚地看到了他的位置。

卡夫卡为我们提供了一个现代性的梦境，深渊，黑暗，温暖，不乏光亮。卡夫卡朴实的句子如同梦中的树枝，可以让人切实地抓住它，像一只猫在木头上抓挠它的猫爪一样，我们可以凭借阅读卡夫卡来认出我们在梦中的处境，并且把我们用以抓挠世界的爪子磨得锋利，这样我们就不会从悬崖上掉下去。他的回环曲折的流水一般闪光的悖论，是梦中的舟船，它所提供的并非绝望，而是西绪福斯式的希望。

托尔斯泰让我们看见一个现代与古典的分水岭上呈现出的世界。卡夫卡使我们泅泳在现代性的河流中而不至于精神分裂，因为我们看到世界本身是分裂的，而这种分裂经由卡夫卡已经被纳入到了语言之中。

问：您最常读的是哪些书？您从中看到了什么？

答：现在与其说是读书不如说是翻书。人过中年之后，原先那种清新而孤独的心境不再，很难做出一头扑到书页上的姿态了；对很多书的失望感增强，名著呀诺贝尔奖呀这些光环没有了诱惑性，简直可说是进入"实证性"阅读。不由得怀念过去激情、自由、囫囵吞枣式的读书；因为互联网的影响，阅读变为浏览，而浏览就是随时随地的中断。我在努力纠正这个。就着光线读一本纸质的书，仍然能够给我以幸福感。

因为翻译的质量问题，因为人为的炒作，很多新译的书都让人觉得没有把握。与文学作品相比，理论书让我觉得更有收获，读起来更踏实一些。不过也很难说，也许是我没有遇到合适的作品。理论方面，比如海德格尔、福柯、伯林等，他们中的任何一位都足够我研读终生。我不再贪恋新书。经典已经足够多了。

不论理论家还是作家，阅读时那种瞬间接通和照亮的感觉，仿佛一点点地夯实了我站立的这块方寸之地，这让我感觉到了自我与世界的相融。

二、散文和思考

问：您是怎样走上散文写作道路的？写作赋予了您怎样的意义？

答：我出于绝望开始了散文的写作。我至今仍然时时处于绝望中，这个"绝望"没有任何浪漫主义的色彩，它指的只是对于自我的一种明确认知：我认识到自己永远无法攀上哪怕是一个平凡的高度，正如我知道自己永远无法奔跑一样。于是我坐了下来，谈一谈我对这个世界的看法，因为我总归是有一些看法的。过程中我又认识到，要简单地说出自己的看法并不容易，因为很多看法本身就不简单。这其中牵连到对语言的运用——世界存在于语言中。我们运用语言的方式决定了我们的世界的边界。这是1993年至1995年的事情，我那时候在武汉大学，在陌生的南方的气候和景色之中，并且恰巧接触到了海德格尔的一些片段、维特根斯坦的一些片段和一本帕斯卡尔的《思想录》，以及上海先锋作家孙甘露的小说，也许还有蒙田的一些随笔。如果不是所有这些事物的偶然聚合，我也许不一定会进入到一个散文写作的情境之中，并且走到今天。是写作将一条可能的道路变成了语言的现实。这是我所理解的它的全部意义。

问：在怎样的情景下，您才会动笔写作？您的写作冲动从何而来？

答：我写得太少了。我也经常问自己，为什么我没有多多地写，把一切都写出来？我似乎总在等待一种语言的契机。我也知道很多作家能够强迫自己进入写作的状态，我却很少强迫自己。如果开口处不畅通，我就干脆不打开闸门。把那些强度不够的冲动，像垃圾一样扔掉，从而保持一种清爽的空虚和自虐一般的轻的苦痛，这是我的日常状态。我的冲动和动机不来自于任何一种雄心壮志，也不来自情感和生活的体验，它是语言与人本身完满合一的那种时刻的降临，如同星空与夜晚的关系一样。

问：在您眼里，什么才是好散文？

答：我喜欢那种饱含着思想之血的文字。我不太欣赏抒情散文。我也不适应那些描写过多或单纯叙述的文字。我这样说是有点冒险了，因为文学的可能性总是超出我们现成的和预定的观念。我说的只是个人的并且是先前的一种偏向，也许在说过之后的下一刻就被纠正了。

但是，我相信"每一次写作都是一场拯救存在之诗意的行动"（谢谢刘剑博士用了这样一句话来评论我的散文写作）。

问：看到您的散文，常常会不由自主联想到海德格尔的存在之思，您觉得您的文字和他的理念有无联系？他的理念和您的现实之间有何关联？

答：我在 20 世纪 80 年代初读到萨特，90 年代初零散地接触到海德格尔，当时确有黑暗天空被瞬间照亮的感觉，后来包括现在虽然也断断续续地读一点，但我确实读得不多，更谈不到研究，也没有有意识地在写作中运用海氏的哲学。我的散文只是对于人的困境的一种直接的观察和思索。人在困境中行动着，这个我们都能看得到。

三、回忆和诗性

问：您曾在散文中说：回忆就是我高贵的酒神。您的作品大部分都是您的一种回忆,您能否详细谈谈您这句话所要透露的信息?

答:这是十多年前的一句话,说得过于高亢了。西方有个谚语说,人若看过去会失去一只眼睛,而不看过去会两只眼睛全都失去。所以我还说过,我们回忆是因为不得不回忆。设想我们告诉一个老人,如果他少回忆过去,多瞻望未来,他会更加健康和快乐,这会是一个可笑到残酷的谎言。每个人都活在他的记忆之上,不同的是,作家追求一种将记忆编织为语言的技艺。我年岁大了以后,看见每一位老人都感到分外亲切,因为他们说出的每一句话都可以对我们自身的记忆加以延伸。禁止人们谈论过去,讨论历史,是一种罪过。

问:除了尝试过小说创作,最近几年您也写了少量诗歌,您的散文中除了借用小说的笔法,也有许多诗性的意味。能否谈谈您喜欢的诗人,他们怎样影响了您的写作?

答:最早我喜欢北岛和顾城。小时候我几乎不知道什么是诗,当然那时候我什么都不知道,因为根本就没有教育。我曾经长久地喜欢过波德莱尔,特别是钱春绮翻译的波德莱尔。波德莱尔是魔术师,不仅是魔术师,他有着强烈的色彩斑斓的美学观念。诗歌不能仅仅展示,而应该强烈地暗示出诗人的观念,这样阅读才成为一种人在语言之中的交往。诗歌教给了我诗的观念,正如哲学教给了我哲学的观念一样。诗歌是观念的浓缩形式。现在我也时常读诗。诗歌在极简的形式之中所蕴藏着的可能性总是能够超出预想,令人震撼。比如超现实主义诗歌和表现主义诗歌仍然能够将我一击而中。当我在散文中追求诗意的时候,我像猎人一样充满了耐心,循迹而去。散文写作和诗歌写作给人的满足感是不同的。

问:莫言认为,沈从文的散文中包含了许多小说笔法,"大家都认为沈从文写的是千真万确的事情,但我觉得里面有许多虚构的成分,看起来不像散文,像人物特写"。您是否认同这种观点?如果散文中可以有小说笔法,这种笔法究竟指什么?是虚构还是其他?

答:沈从文散文中的描写很多。我认为过多的描述不太宜于散文。中国散文是诗歌与小说之间的一个平衡。过多的叙述和描写,不仅使得散文看起来像小说,令人怀疑其真实性,更主要的是使散文过"散",失去了对"诗意"的追求和把握。散文语言的真实性、生动性和准确性,是建立在对观念的暗示性的基础之上的,在这一点上,散文秘密地通向了诗歌。

不知从什么时候开始,虚构成了散文写作中的敏感词,经常为此发生争论。我认为这样的争论意义不大,至少它的意义不体现在所有的散文类型之中。散文的目的并非纪实,也非叙述,虚构与否也许不成其为一个真问题。每一篇散文都是一个新的思想的表现,而思想是无法虚构的。

赏析

正如作者所喜欢的饱含思想之血的文字一样,这篇访谈本身也是饱含思想之血的。正因为它饱含着丰富的思想性,所以我不认为这些问答是容易理解的。从某种意义上讲,我觉得这更像是一篇文学阅读索引,一道深夜中的闪电,它将带领着我们穿越文学的黑暗之海,去认识那些值得我们结交的作家以及他们的文字。

这也就意味着,我们此刻的阅读是浅显的,浮光掠影式的。因为,在未对文中所提到的诸多作家有一个近乎全面而清晰的认知之前,我们是不能充分理解作者在这篇剖玄析微的文字中所饱含的思想性的。兴许在多年以后,这篇短小的访谈会随着我们阅读量的增加和阅读次数的积累而愈发体现它的价值。但现在，它是需要我们收藏起来，并反复咀嚼的。

此外，在对这篇访谈逐字逐句的阅读中，作者关于文学的三个相关性（生活和阅读、散文和思考、回忆和诗性）的回答，让我深切地体会到，他是一个对自己、对写作都十分真诚的人。或许正是由于这份真诚，让他对"作家"这一身份感到焦虑，正是由于这份真诚，让他从不"强迫自己进入写作的状态"。其实，正如作者写到的那样："我似乎总在等待一种语言的契机。"

其实，无论是阅读、写作还是生活，我们每个人都需要有这样一份"耐心的等待"，这种有着"强扭的瓜不甜"的等待的心理着实是令人向往，同时也是令人敬佩的。因为在这个电子书泛滥、新闻化阅读和碎片化阅读盛行的时代，那种"就着光线读一本纸质的书"的幸福感变得愈来愈少了，由此也就变得愈来愈重要了。

（韩山）

我像一只逗号那样渺小
——《太原晚报》的访谈

一、关于获奖

所有获奖都有共同的性质。小时候我一直在获得奖赏。我一直是最好的学生,无论在哪个学校哪个班级。高考的时候我是本地"状元",可上北大,因身体原因未获录取。二十四岁我获得全国首届青年电影评论征文一等奖。从那以后,我获得别人或群体认同的饥渴得到缓解,因为我认识到任何奖赏都不能成为一种终极性的报偿。另外一个原因可能是,我的青春期遭逢"文革"后全民族集体反思的氛围,在此期间我恰好展开对现代西方文学的阅读,这使得我进入了一种反叛性的思维方式,也进入了对于黑暗自我的探测,并从而认识到,奖赏只是人生的一个光明尖顶,它触及不到人的黑暗的底部,而这个底部才是文学和人唯一真正的根基。

具体到刚刚获得的这个奖,使我高兴的一点是,它可能在某种程度上表明人们对于散文中所包含的某种技艺的认可,因为如果散文不包括技艺的因素,那就不会有这样的奖项。

二、作家梦与个人经历

我从上小学时就开始梦想当一个作家。

我上小学和中学的那个学校叫作西上庄五七学校，里面从小学一年级到高中全都有，就在离我家三步远的地方。五七学校这样的名称可能现在的青年已经无从理解，这个名称意味着劳动如果不说比学习更重要，至少同样重要。但我因为身体的原因，无法参加劳动，在别人去山上或其他地方"勤工俭学"的时候，我可能在独自阅读，尽管那时候几乎找不到任何值得一读的书。这是我从我的身体上获得的最大收益。另一个情况是，那时候的舆论认为，"四体不勤，五谷不分"是最坏的，而我的身体恰好为我规划了这样一种无可逃脱的最坏的命运，这使得我每一天都深怀着恐惧和愧疚，不得不与可见的命运面对面。从小学四年级起，我就开始向全国仅有的几家大报纸写信求助，请求他们指引我到哪里可以看好我的腿病，以使我也能像所有人一样健步如飞，逃脱预定的命运。同时我不断地向父母亲抱怨，因为是他们造成了我的这样一种身体状况。到上高中一年级时，我的愿望得以实现，我去河北省接受一个手术。手术没有成功。虽然病没能治好，但我从此辍学，获得自由。

在整个少年成长的过程中，我一方面梦想着治好病，加入正常人的群体之中，一方面梦想着将来成为一个作家。但为什么要当作家，我并不明白。这两个梦想我觉得都是不可能实现的，是为了梦想而梦想。我至今仍是一个为了梦想而梦想的人。

三、生活状态、阅读与写作

因为我们不能始终站到一面镜子跟前，他人就成了我们的镜子，但这个镜子千变万化，捉摸不定。同时，可能我们实际上是不愿意正视自己的，不愿意接受自己的本来面目，这就是为什么镜子在很多种文化中都成为令人恐惧的巫物的原因之一。当有人说我是一个理性而冷静的人时，我反而意识到自身内部一股潜伏的力量在涌动，那应该叫作激情或非理性吧；当有人说我聪明时，我确认了自己的愚笨，比任何人都愚笨；当人们夸奖我诚实时，只有我自己才知道我的所谓诚实只是为了与诡谲作战的一个公开的面具。所以，他人这面镜子只是曲折地映照出自我，实际上它把自我导入了一个黑暗的深处。

　　我喜欢下棋，起初是象棋，后来是围棋。我需要在这种漫长而激烈的角逐中，确认自身的力量。但现在这种爱好正在慢慢地被丢弃。人不需要获胜的幻觉。

　　我的最大的遗憾是没有一双能够辨认音乐的耳朵。我一句歌也唱不出来。我喜欢一个人坐在家里听我的大音响放出来的音乐。无论听了多少遍的曲子，我都无法哼唱出它的下一节。音乐对于我成为一种人造的自然和景色，听音乐仿佛远观自然，其中只有氛围没有色彩和细节。我依靠直觉接受音乐的影响。如果我觉得内心芜杂，无法写作，我会听上两小时的交响乐。

　　我喜欢跟人聊天。我喜欢朴实的人、敞开心扉的人、受过苦和有故事的人。我在某些人面前却无法开口，并感到窘迫，因为他们只会说一些墙壁似的话语，让你觉得人与人之间是无法交流的，"他人就是地狱"。

　　我刚刚搬进了一处新房子，它是一座三十四层建筑的顶楼，站在那上面望向下面几乎是在俯瞰人间。我起初以为这样一种开阔宏大的视野是我所需要的，但很快我就觉得，它像一只悬挂的笼子，可以把人囚禁成如同画中人物似的那样一个象征物。我怀念一个人行走在田野、村庄、市场或道路上，与人相遇并迅速相识的情景。我渴望细致入微地探究人的生活和心灵，渴望与人无比接近地交流与融合。一个人表面的孤独是不可信的。

　　我读书不多，很多想读的书至今还没有读。我对阅读的环境要求苛刻，这样的环境现在越来越不容易得到了。网络的干扰也越来越严重，浏览代替了细读和沉潜。但像我在某篇随笔中说过的那样，我确实是一个"把阅读置于写作之上"的人。我觉得好书已经足够多，我们的写作只不过是一种假币制造者的行为。

我从阅读中得到过很多的快乐，得到了指引和方向，最终使自己得以成长。直到现在，每读好书，我仍有再获成长的那种青年时代的感觉。这种感觉真好！

我讨厌机械的、功利的和有计划的阅读，喜欢与一本好书撞了个满怀的那种惊喜的感觉。我的书架从来都是凌乱的。

当我写作时，每一次甚至每一刻我都明白，是一个由阅读滋养而成的新的自我在倾吐着他的感激之情，在抒发着他的全新的思想，这些思想并不属于他一个人，并非一种全然的所谓创造，那是"传统"透过一个偶然的个体，以一种偶然的形式得以呈现，如同一条隐蔽的河流在意料不到的地方重新冒了出来一样。我经常盯着写好了的某个句子或段落发愣，觉得它们似曾相识，怀疑它们来自阅读记忆的哪个角落，但我从来没有找出来过它们的出处。这时候我像一只逗号那样渺小，觉得自己是为了前面所有的句子而存在的。因为意识到自身存在的这样一种微弱的必要性，我感到由衷的喜悦。

四、大师的影响

我最早喜欢的文学作品是《水浒传》。那是 1975 年，我十四岁。此前我读过《青春之歌》《林海雪原》《烈火金钢》等小说，也喜欢，因为它们每一个都是长长的故事，有不同的命运蜿蜒于其中。《水浒传》是因为毛主席号召批水浒而由公家发放，成了我们家唯一的一部家藏的文学作品，可供我无数遍地深入其中。那些土匪式英雄人物可以同时满足人的两个愿望，那就是既当土匪，又是英雄。这样的一种情结一直绵延到青年时代之后。就在前几年我还听一位著名的作家酒后放言，他说，如果不能被人视为英雄，他宁愿不当作家。我听后大吃一惊，即刻记起了我阅读水浒的时代。

我于1979年开始接触现代文学，1980年进入晋东南师专中文系后，囫囵吞枣地把更多的现代文学作品和19世纪的文学作品装进脑袋里，随后开始了一个漫长的反复阅读的过程。我最崇拜和喜爱的作家是卡夫卡和托尔斯泰。有一篇评论文章这样描述我的文字风格："微微发笑的修辞，像是变得恭顺和有些狡黠的卡夫卡，但他的描述很难找到卡夫卡那种瘦硬的风格，而是带有托尔斯泰那种肉感的、充满现实质感的生活和气息……"但任何一种文字风格必是大量的阅读与其个人气质的综合性结果。莎士比亚、陀思妥耶夫斯基、别林斯基、鲁迅、波德莱尔、川端康成、海明威、普鲁斯特……这些都是个人阅读史上的丰碑。

五、对老师的情感

我有一些写亲友师长母校的文字。有人认为我的这些文字简直是冷酷无情的。也许写老师和母校的那些文字多了一点温情，这也是听别人说的。师生关系里蕴藏着一种传统的情感，它会抑制不住地表现出来。另一方面，我觉得师生情感大多是在分离之后，由回忆来参与建构的。我们可以设想，假如师生永不分离，它的情感模式必会是另一种样子。老师在中国文化中所承担的东西更多一些，具有更丰富和更强烈的一种文化象征作用。孔子就是一个老师。所以我经常对那些当老师的人说，他们应当更自觉地承担这个文化角色，不应仅仅只做到随遇而安。他们在学生们的心中得到了永生。那个永生的形象是怎样的，由他们自己决定。这也许只是中国文化中的一个特殊形式，但是一个非常大的问题。

六、观察生活的视角

我对人和人的关系很敏感，对自身的无知很敏感。这可能源于早年的生活经验。我在所有人面前都是一个弱者，一个弱者的担忧始终伴随着我。自尊成为我的第一性的人格需求。我对暴力感到恐惧。那种并不涉及我的他人之间的暴力关系也使我感到恐怖和憎恶。这样的一种源自身体的问题，后来无疑成了一个政治的问题和一种政治倾向。

我的无知也源于我的身体。我总不试图去触摸和攀爬具体的事物，我只观看。这样的一种距离，一方面加剧了我融入世界的渴望，另一方面可能有助于建立一种审美的关系，并使我在一定程度上保持了儿童的眼光。

七、"写散文就是写句子"

我的确说过上面那句话。一个句子是一个最基本的意义单元和思想表达。这个基本的单元可以映现出全部。每一个句子都有它的独立性。在一个真正的好作家那里，任一句子都可以被抽离出来，单独加以观看和体味。我们上小学时就开始学造句，学造句就是学语言。这是一种本质性的进入。但后来这一本质性的认识被慢慢放弃了，被中心、主题和叙述所取代。在两个和两个以上的句子之间，其实是充满了语言的异质的。作家的任务是尽量去除句子与句子之间的垃圾，使得每一个句子都能闪烁出语言的本质性光芒。

八、散文的语言特点和思想性

我说过了，思想与语言是同一的。读一点维特根斯坦会更明白这一点。当然，文学的思想与哲学的思想是有差异的。我追求一种质感与意义并生的语言。有论者说我：每一次写作都是一场拯救存在之诗意的行动。实际上这是一个难以抵达的理想。我愿将此高悬为我的旗帜。

我喜欢那种饱含着思想之血的文字。我不太欣赏抒情散文。我也不适应那些描写过多或单纯叙述的文字。我这样说是有点冒险了，因为文学的可能性总是超出我们现成的和预定的观念。我说的只是个人的并且是先前的一种偏向，也许在说过之后的下一刻就被纠正了。

我认为散文与小说的重要区别之一，是小说的思想可以寓于它的结构之中，而散文则必须在每一处语言的细节上都涂满了思想的汁液，就像叶绿素之于绿叶那样。思想与语言是同一的，这一点在散文中表现得异常鲜明和无可置疑。

因为散文作者无法隐藏到文本的后面，无法借助于故事和机巧来处理他的思想，他的任一表情、呼吸和狡黠就统统暴露在了文本之中，这是这种文体对于它的写作者的拷问：你的勇气在哪里？你的思想的疆域有多宽？你是如何探测黑暗自我的？你的写作的目的何在？你要知道，你的任何粉饰一旦写出就已经被揭穿！

所有的准备都在写作之前。一个夸张的自我，看到的只是它本身的阴影，它与世界的相遇就不会是本质性的；有的人一味沉迷于情感的波涛，或只停留在感觉的墙壁里，手中缺少衡量世界的尺度，所写下的只会是语言的泡泡；还有很多人，认为现实就是现实主义，殊不知语言是人类理想的活的宝藏，而他们正在从相反的方向使用着语言，或者说误用着语言。

写作不是一种积累，它是一个持续不断地丢弃的动作，于此可达澄明之境。

九、我的三本书

我的第一本书《隐居者的收藏》是自费出版性质的，虽然我自己没有花钱，但性质如此。这本书陆续送人，到现在我自己手上也已经没有几本了。但当时印了一千册，怎么也送不完，它们堆在家里的样子曾使我觉得难堪。第二本书是《最后一班地铁》，由花城出版社出版，林贤治先生责编，还有一位责任编辑是胡雅莉女士。这本书进入了由林贤治先生主编的"满天星文丛"。第三本书《路上的春天》由中国人民大学出版社出版，责任编辑刘汀先生和他的同事们为这本书的推广做了许多工作，可能因此有更多的人读到了它。这三本书都是散文随笔集，它们共同呈现出我从20世纪90年代中期至今所写散文的整体面貌。

十、我的获奖感言

独自一人在暗夜里心潮澎湃，把他的心声形成一行行的文字，然后，他的心情逐渐平息下来，或者他暂时地疲倦了，他就这样从黑夜走进白天，走进第二天的太阳底下，然后经过一个恍惚的白日，再迎来他的下一个夜晚，再进入那个由他自身的热情堆积而成的黑暗空间。这样日复一日地重复，深深地陷入其中。这是典型的作家的存在姿态之一种。他们选择或者说沉溺于这样的生活方式，并非像他们在他们的某些作品中所表现的或者所声称的那样具有明确的目的性和指向，实际上，他们在他们的空间里具有一种自足性，他们和他们书房的墙壁构成了相互依存的关系。我们也可以认为那是一个充溢着精神性的工作场所，尽管写作者是那个场所里的主角，但他有他的依赖性，他对他的那个精神空间的依赖性有多大，他与世界的关联性就有多强。在出版了一本书之后，在走上一次领奖台之后，作家还得像往常一样，在天黑之前回到家里，透过那个属于他自己的精神空间，吐纳于天地之间。

赏析

　　一个好的访谈，关键要看其中蕴含的信息量。这个访谈蕴藏了很多东西值得我们去思考。

　　一、成长：成长是不可逆的，同时也是独特的。作家告诉我们，他的成长伴随着孤独、恐惧和艰辛。随着时代的变化，我们可能不会有作家这样的成长经历。但我们有我们的特殊性。那就是我们生活成长在一个信息时代，浩瀚的信息将我们包围，我们需要的是注意力的集中，用力去生长，而不能被信息所淹没。有梦想，不动声色去努力，才会越变越好。

　　二、阅读：阅读是一种门槛最低的高贵举动。有位作家曾说过："一个家庭没有书籍，等于一间房子没有窗户。"阅读能影响甚至改变一个人。比如作家本人，是阅读改变了他的生活和命运。好的阅读，是与作家交流。在阅读上多花一些时间，会对自己的未来有益处。当然，这种阅读，必须是读有价值、有意义的书。

　　三、观察：观察才可能了解和融入世界。细致的观察，才能发现事物的不同之处。你的表达才能准确而有价值。观察和思考，应该是写作的两翼。

　　四、散文观：作家本人对散文有着自己独特的理解。散文尽管形式多样，但需要追求内在的流动、平衡和完整。散文应该生气灌注，生机而又律动。而这一切，都需要语言去呈现。从某种意义上讲，散文写作更离不开语言。访谈中，作家所提到的"任一句子都可以被抽离出来，单独加以观看和体味"，这句话值得我们认真琢磨。因为我们在散文写作中，很容易忘记这一点。

（任慧文）

身在何处，为何读书

——在伊尹读书会上的发言

依我看，我们目前所处的这个时代处于印刷文化的末期，网络文化的前期或中前期，智能化时代的发端期。也就是说这是三种时代或三种文化的混合、交合时期。这涉及和影响到我们手中书的形态的变化，以及我们对书的看法和态度的持守。

我们大部分人心目中理想的书，还是印刷文化的书的原型，也就是像我手中的这种由作者、出版社、印刷厂和书店共同合作，提供给我们的纸书的样子。它由封面、作者署名、柔软的内文纸、一定格式编排而成的印刷体文字来构成。

但是，我们大家都能够感觉得到，这已经不再是唯一的书了。我们心中最正宗的书的概念，正在受到快速的侵蚀和强力的挑战。我们在电脑上读 PDF 格式和其他格式的读物，我们用手机里的读书软件进行阅读，很难说这种行为不是读书，很难说我们以这种方式所进行的那个活动，所持续的那个动作，不是读书。只是我们的手之所触，不再是柔软的纸张，不再有纸的质感而已。这让我们感到很不亲切，我们像是睡到了别人家的床上，心里觉得很不踏实。

博尔赫斯所说的那种天堂——迷宫——图书馆，或者他也称之为宇宙图书馆，即是由印刷图书所构成。宇宙图书馆不是博尔赫斯一个人的想象，而是全人类的。但无论作为一种想象还是作为一个现实，它都不是短时间内可以建成的。关于它的想象才刚刚展开，遑论有幸进入其中充当一名图书管理员，它却已经在飘离而去了。天堂远人。困苦依然。无从演进的历史凝结为宇宙图书馆中一本书里的一行。人是悬挂在字脚上兀自欢腾的虫蚁。

但是，虫蚁亦大矣。我们到底能够握住一本书。就手中之书而言，手机提供给我们的那些同样叫作《红楼梦》或《战争与和平》或《追忆似水年华》的内容，与我们在纸页上所遇到的同样名称的内容，难道不是一模一样的吗？我们凭什么视其为非书呢？而且，这样的书省去了大量的纸，可以保护我们的森林和其他资源，这不是更环保吗？而环保有利于延续我们这个唯一的星球的生命，使我们能够较为长久地待在这唯一的（至少目前看来是这样）家园，这是好事啊！

所以，这种书的原型发生变化的趋势应该是不好阻挡的了。事实上我们的下一代、下两代人已经安于在这一趋势之中了，已经不好让他们完全认同于我们的那个印刷文化的书的原型了。

而且事情还在发展中，下一步的事情可能更难预料，可能会更加超出我们的经验之外。比如，谷歌公司假如真的研制出了一种眼镜，这种眼镜连接着网络，而网络又囊括了世界，而且这种眼镜是善解人意的，可以回答人的阅读需求，这个戴眼镜的人他只需要转一个念头，眨一下眼睛，就可把他想要的"内容"（也就是书）尽收眼底，甚至尽收脑中。他就没必要像现在这样费力地，一页一页地看书了。这个事情有没有可能呢？我觉得是有的。也许从文化、道德、宗教的层面看，将这种可能性转化为现实到底好不好，或者说这个进程如果太快了的话到底好不好，是需要慎重地考虑和控制的。

这是从书的形式和对书的接受形式来看，还有另一个方面的问题，是作者的问题。印刷文化下的书都是有作者的，因为有作者，所以有版权，有知识产权，于是才有了知识分子，乃至于有了文化英雄，有了一整套的文化生产机制，所有这些形成我们的民族文化，形成不同民族文化之间的交流，以及世界文化、人类文明。孔子、老子、李白、杜甫、曹雪芹、鲁迅等，这些是我们中华民族的文化英雄、文化源流，没有了他们，整个中华民族的存在就都变成了一个可以质疑的事情。世界上其他的民族、其他的国家当然也是如此。因此，一本书有无作者是非同小可的。

但是，正在出现的一个情况是，未来的智能化机器人极有可能比人类的作者更高明，写得更好，它们写得更快就更是无疑的了。它们的全面和深度的学习能力，是人类无法望其项背的。这一点在其他领域已经被证实了。如果将来的一本叫作《粉楼梦》的书比我们的《红楼梦》写得更好，那叫我们情何以堪？严重的问题是，《粉楼梦》根本就没有作者，它出自一部机器之手，不是一个人类的、汉族的、有名有姓的人创造出来的，于是，在这种情况下，就再也没有了文化英雄，没有了创造者、作者。而且，在知晓了这种情况的情况之下，读者们尽管面对的是一部超越千古的名作，他们的感动、钦佩、崇拜、浮想联翩、思接千古、心心相印、眼泪和叹息，还会有吗？也就是说，一本书还会有它的读者吗？

以上所讲，并非耸人听闻，而是一个推测，这一推测是依据于事实的。事实是，在最复杂的智力游戏围棋博弈中，人类已经败北，而且人与智能人（我觉得机器人这个名字已经很难叫出口了）的差距还在迅速地扩大中，人类大有一溃千里之概。曾经的世界第一人，韩国的围棋名将李世石九段，因为看到人类已无法取胜，而在三十六岁之年选择了退役。另一事实是，智能人已经可以写出一部叫作《海明威传》的书，它的笔调、笔法、精彩段落，据说已经好到不能使人相信它出自非人之手，只不过它的作品的整体尚有缺陷，尚需调整而已。

这就是为什么我说我们的时代是由印刷文化、网络文化和智能化混合而成。其中更大更凶更具有决定性的那只智能化老虎就伏在前面的必经之路上，它将比网络化更加彻底地改变我们的文化形态、意识形态、道德状况、宗教信仰，改变我们的书，改变我们的一切。

这种情况乍一听很突兀，有的人说，我还刚下过决心，正准备好好读书呢，你咋就说书已经变了呢？是的，这是没有办法的事情。实际上现代社会本来也一直都是由变化来作为它的主基调的。我们手中的书，我们心中书的原型，即印刷文化之书，存在的时间实际上也并不长。书的问世及其被广泛阅读，有赖于印刷技术的发明和全民教育的普及，还有以作者为核心价值的文化体系的建立。这在欧洲也是迟至 18 世纪以后才逐渐实现的，在中国则要到 19 世纪末至 20 世纪初这一过程才开始发生。中国的第一家现代意义上的出版社商务印书馆成立于 1897 年，大学也是首次出现于这个时期，杂志也是。而以扫盲为标志的初等教育的普及，还要等到 1949 年以后。也就是说，中国人开始大量地读书，不过百年多一点，而大部分中国人都能够读书，有了基本的阅读能力，还不到七十年时间。这期间还有不正常的中断，最明显的中断是"文革"时期。我就是在这个时期开始学习的，那时我像所有的青少年一样，处于一书难求的环境之中。到 1979 年这一情况才开始发生变化。这一年《读书》杂志发表爆炸性文章《读书无禁区》，呼吁开启一个可以正常读书的时代。从那以后我们才有了一个基本正常的阅读环境，从那时到今天不过四十年。这个时间太短了，仅够一代人的成长。而这个四十年的后二十年出现了网络，对书的阅读造成冲击的，还有电视、游戏等等，所以充其量，一个最少干扰的阅读时代只存在了二十年。这对于一个民族的文化生成而言简直连一个瞬间都算不上。今天我们却已经在这里讨论到底需要不需要读书。

正是诸如此类的变化、中断、干扰、冲击，构成了我们的读书时代。因此可以想见我们究竟能够读多少，读到了一些什么，我们的将会在人类学意义上传承下去的基因中间能有多少书的因子。

我想，说到这里问题和结论就都有了，也都明确起来了。我们只有不顾一切地埋下头去，尽可能地抵达书本，在无限之书中做一个渺小的泳者，乘着印刷文化无限美的夕阳和智能化的朝阳，谦卑地伏身于变化的书中，如果可能就永远也不抬起头来；如果还有另一种可能，我指的是在阅读之余的写作——写作也是一个低头的动作，与虔诚的阅读相连，那就弯下头去写作，一边写作一边阅读；这样我们就能延续我们作为人的存在，一种类的存在，从而有可能免除作为一个偶然的泡沫无法归类的命运。

至于说为什么需要加入读书会里来读书，我的意见是，如果我们面临共同的问题，那我们就聚集起来，研究解决这些问题，如果我们的心中没有产生这样的问题，那我们就把时间留给书，只与书两两相对。

在所有的孤独中那是最美的一种孤独。它筑起堤坝抵挡所有冲击，它令时间停止，将敲门声泯灭，使窗外的美景一再地重现。它带来的救赎之光闪烁明灭，那是绝望中的希望。

总之，阅读使世界统一并且延续。这个延续的世界会接纳自我，使我们不再流离失所。

赏析

江山静好，岁月无声。在美好的时光里谈论读书，是一件多么美好的事情。

关于读书，多少名家曾经谈过。或者阔而论之，或者论述具体而精微。但很少有人与时代相结合，或者说，很少有人关注到时下读书发生的极其细微的变化。这是这篇关于读书演讲稿的价值所在。而我想表达的，并非在此。一个好的演讲稿应该是一篇美妙的散文。这篇演讲稿无论结构，无论语言，都属好散文的范畴。

作家一开始就从我们身处的时代，从网络对读书的冲击说起。我们身处互联网时代，网上阅读的方便快捷，以及浩瀚无垠的阅读资源，导致纸质书阅读的逐渐式微。这种演讲方式，一下子就触及了听众的神经。作家对这种浅阅读以及将来可能面对的机器人写作带给人类的威胁进行了浅析。接下来，作家一下子将话题转变方向，讲述了阅读纸质书的美好："在无限之书中做一个渺小的泳者，乘着印刷文化无限美的夕阳和智能化的朝阳，谦卑地伏身于变化的书中，如果可能就永远也不抬起头来"，表达了作家对沉浸在纸质书阅读中的快感，也体现了作家对当下阅读的主张。

同学们，开始读书吧！

（任慧文）

散文与人（十六条）

1.散文较之其他文体更为自由。散文的自由可以包含两个方面：一是散文作家的自由自在的书写，二是散文所呈现人的最为自由的行为方式，亦即它可以最大限度地呈现人的自由，或者与人的自由发生关联。人的自由本质首先在于他是一个行动的人，他是无法不行动的，而人的确无时无刻不在行动之中。人的行动与其动机、性格、理性和无理性的关系，以及他与世界的关系，世界对他的限定，并非永远是确实可见的，甚至大多数时候是不可见的，是没有主题，也没有情节可以连贯的，这是人的自由境况。人在巨网式规制之中，如同一只松鼠般灵活、坚定、恐惧、渺小而又华丽——这就是散文中的人，抑或是散文应当写出的人。

2.写是第一性的，文辞第二。写是对第一个自由，即作家自由书写的实现。有人说我也有不写的自由，不，不写即是不自由，是自甘于束缚之中。写，不必做任何准备，不必预先准备文辞，直接去写就可以。写得好与不好，并非因为准备得充足与否。写得不好，是因为不写。一是老也不写，忽然写一下；二是即便已经在写，也还没有完全摆脱开那个不写之人，没有从"不写"之中走出。人跟在自己的影子后面，或者被自己的影子所笼罩，须从影子里奋力地跳出。有时你会发现，真的跳出来了。写，就是跳跃。就是从影子里向外跳跃。跳起来的一刹那是充满了恐惧的，因为你不知道影子之外还有没有自身的立足之地，你不知道自己将跳往何地。正是因为这样的恐惧，才会产生"不写",甘当"套中人"的那样一种虚假的安全感。因此,写,意味着危险和危机,因为你将失去将你和你的影子捆绑在一起的那个虚假的安全感,你将脱离开一切,在空虚中立身,你的脚下甚至连杂耍演员脚下的那根纤细的钢丝都没有了。所以,决绝,这是写的条件。撤除你背靠着的墙、置身其中的牢笼、温暖的用以装扮各种身份的衣物,以及束缚住你的各种社会关系(它们貌似一棵树的错综纠缠的根须),这时你得以腾空一跃。你将获得眩晕的、在高处的、坠落的、无法言明的快感。

3. 散文要写行动的人。那些永不行动的人是无法怜悯的。他们无法进入到被书写的状况之中。况且,悲悯是一种自大,是一种虚假的静观。写作者的悲悯乃是一种不可能的情怀,因为这意味着他已经从世界退出,而非永在介入和交缠之中。这当然是不可能的。写,正是一种交缠,愈写,则愈深地与世界相交缠。写,同样也是一种行动。写行动者的行动,就是在人的相互的行动之中建立起某种关联,以确证积极的自由正在发生,并且是到处都在发生着,而且每一个自由的行动都不是孤立无援的。写,就是这样的一种交往。人类的城市和乡村,以及城市和乡村所延伸和辐射到的所有地域和时空,都是人的行动的场域。人们如此地进行着他们的交往。只有写作可以覆盖性地、深入地表现这浩瀚的人类交往。也只有写作之下所产生出来的思想可以渗透到这样的交往之中。

4. 散文要写逸出常规的、不正常的人。那些格格不入的、与环境相冲突的人们,以他们的泪、血和痛,以他们黑色的欢乐,凸显出了大写的人——任何既定格局都无法约束他们舞动的手脚。他们是飘逸者、尴尬者、撞墙者。他们左冲右突,半个身子在墙外,被撕裂,零落成泥。他们生命的落红,飘落到了墙外。而我们这些常态之人,完全屈服于规训,已经重合于定制的影子,不会跳跃,匍匐在地上,苟延残喘，像狗一样。

5. 散文写作者要撑大空间，就要进入黑暗视野。最大的空间、最辽阔的视野，乃是黑暗和寂静。在黑暗中，世界呈几何级数放大，再放大。而光明只是边界和限定，是数得过来的那几样事物。《神曲》就是黑暗的创造，莎士比亚也是，卡夫卡也是。自从自然的黑夜被照亮，更遑论人性的夜空被观念之灯占据后，空间和视野便需要人去寻找。这个人，乃是孤独之人。他人就是观念之灯，他人不是地狱，而是光明，是探照灯，它使得你的自我无所遁逃，无由生长，无处开花。于是你只有逃到黑暗中，才能避开所有的灯。光明只是黑暗的一种节奏。所有蒙昧的观念在这一空当中被塑形，人模狗样地走来走去，占尽了地盘。但其实黑暗更广大，完全可供你容身、行走、啸叫，到处都没有令你头破血流的墙壁。在黑暗中练习敏锐的双眼，你就什么都可以看见。

6. 于是，你睁眼看见了多维的世界，从而可以走出光明的、平滑的表面。建立一个关于世界的观念，是精神得以聚合于自身的一个不得不有的条件，否则人无法存在。人只能存在于世界，并无别处可去。因此这个世界必须是可信的。精神的触角要能触摸到边界，它才能确定自身的栖居之所。所以，平面化的世界只能是一个谎言。平面化的世界使得精神无所驻留，彻底涣散。要在黑暗中阅读。人本来在暗中，于是每一本书都为了开辟鸿蒙。阅读的意义在于人亲自勘测到边界，触摸到世界的骨骼。不要相信图书馆式的万能阅读和索引式阅读。那是在光明中的阅读。你必须知道你在黑暗之中。你必须让精神的直觉决定你在万卷之中的行止。你纵横的身姿、趔趄的脚步，因为绝望而踏下的巨坑似的脚印，你雨水般的眼泪所形成的河流，你仰天长叹时竖立起的手臂的森林，这一切形成了你的多维的世界及其边界。当然你不会就此停下，你一直在黑暗雨林中砍伐新的出路。世界是如此的真实而又陌生、黑暗而又熟悉、亲切而又恐怖。所谓的谎言和安全，只是黑暗之外的童话，是光明中小丑的尖叫。

7. 认识和接近语言的自由。在黑暗中，那永远伴随你的，是语言的自由。语言不是工具，而是存在的海洋。我们漂浮其上。为了不被吞噬，成为一条死鱼，我们需要顺应、接近语言的自由。在森林里走上属于自己的小径，悄然前行。到小径在深处交叉，到处都是显明的方向，自由的欢乐便会如群鸟般翱翔。这欢乐不独属于个人，而是属于人和语言的契合之美。此时的你就能够体认到，个体消融于灵魂之无形、无憾、无限。

8. 有意味的行为和行动之意义。要书写有意味的行为和有意义的行动。并非所有的行动都是有意义和可书写的。一个熟悉的身影穿行于市街，踯躅于公园，他走在预定的两点之间，他每一日的行程都是固定的，他的灵魂往往静默无声。如果没有陌异的声音呼唤，尽管周围喧闹无比，意义仍然不会显现。而当一个身影消失，永不再现，世界便由他往日的行迹处裂开，出现一个罅隙，所有秘密的、过往的，以及有关将来的言说，便由此处涌出。死亡乃是所有行为之母。自由是她的儿子。

9. 关系就是文学。我告诫自己要走向他人。是人与人的关系使行动有意义。我们并不走向空旷之地，也不来自那里。比如我的一张老照片，我坐在一群初中毕业生之间，那种稚气的早熟仿佛说了四十年的涓涓话语。我的班长像是一个秦始皇，霸蛮之气十足，仍然在统治着他的不安分的人民。左上角的同学是不服气的，他始终不服，各种不服。我多么想借助于他的眼光看看我们所有人，但我却只有我的眼光。我所能做的是尽量深入到我们相互之间的关系中，就像蚯蚓钻进成分复杂的土壤中。

10. 爱情中的文学空间。最重要的关系当然是爱情。首先，人在爱情中是一个行动的人，他的行动完全出自他自身的意志；然后，他是一个被感情所激荡，并被他个人的道德所鼓舞的人；第三，他是一个能够充分地领略美，为美所陶醉，甚至变丑为美的人；第四，他要进入某种天堂式的关系之中，而不是退回到孤独。爱情是一种想象、一个幻象、一座迷宫。它本身就是文学。

11. 散文写作是对各种社会符号、文化符号和文学符号的识别和改写。在我上面提到的那张老照片上，我们大部分人都戴着军帽，我的那顶军帽更仿佛戴高乐的元帅帽，硬邦邦地竖在我的头上，那是因为里面衬了一个纸圈。虽然我们都在班长的威权之下，但我们用这种帽子扮演空心的稻草人，以便对他的权力产生他不一定能够察觉得到的影响，即使他能够察觉到，他也会感到无奈。那顶小丑式的帽子是一个符号，它集结了社会、文化、历史和文学的诸种含义。它就像魔法师的帽子，可以从里面掏出飞鸟、鸡蛋、水、花朵，任何东西。文学就是要写这样的帽子，写从它里面意外飞出的东西。

12. 注意游记的写法。因为现在写游记的人太多了，所以要特别讲一下。游记所要完成的，是对山水和古迹的改写，而不是一味地记录和模仿。电影《尼罗河上的惨案》中有一个谋杀情节是发生在古代巨型雕塑中间，那个古代遗迹的现场空间立刻就被改变了。这是电影对文化符号的改写。散文也同样。所谓风景，是世界的伤口，它们向着天空呻吟。所有的痛苦都无法平息。享乐主义者是伤口里的一条蛆。做一个倾听者，看能否听得见大地的颤抖。

13. 解决书写和行动这一对矛盾。书写毕竟只是双手的行动，它和双脚的行动仍然构成一对矛盾。要书写就要坐下来（海明威的站式写作只是例外）。卡夫卡的解决办法是用一只手挡开生活，用另一只手去写。大部分小说家的办法是索性自己跳进纸页中。散文写作者可以考虑用分身法，半是清明半是醉。

14. 要明白散文语言的重点所在，明白清明和醉的区隔，游走于二者之间。崔健说他的摇滚要唱得使人飞起来。飞起来就是醉。散文不必使人飞起来。只需在逢沟过坎时轻松一跃，在那一跃之间，便可收获全景。散文是写实的，但它的语言的重点有时会落在写意的那几笔。甚至可能一篇之内只有那样的一笔，但却熠熠生辉，照亮了全部。

15. 回忆的文学性。回忆有着最为直接的文学性。《追忆似水年华》是镜像式回忆。一面镜子即可装得下一个过去，而另一面镜子却又可以把这一面镜子变为镜中之物，以此相续，以至无穷。镜中之物非梦中之物。有人以镜中物为不真，所以敲碎镜子，以求真，结果什么都没有了。文学家的回忆录，几乎难得有失败之作，因为所有的储藏之物都会自动地散发出芬芳。人类的心灵是一个酒窖。

16. 童年是永恒的题材。童年也是回忆，但与别的回忆不同，因为童年几乎无须镜像，它有着天然的生命之根的结实和耐久。特吕弗的《四百击》、路易马勒的《孩子们，再见》、侯孝贤的《童年往事》，这三部电影都是散文化的电影叙事。它们所给出的启发是，童年是可以相互唤醒的，因为所有童年都是相似的，因其为根部，具有强韧、潮湿、黑暗、模糊和回退的共性。

赏　析

这篇演讲稿可以理解为"散文创作谈"。十六条中几乎涵盖散文创作的种种，我们的学生可以结合以往自己所学的散文和作者的十六条经验之谈，来印证一下散文的文体知识和散文的写作技巧。

从内容上，我们可以概括出以下几点，首先是作者给散文的特征一个界定：散文这一文体更为自由。这一自由让作家也颇自由，散文写作者可以获得一种精神上的自由。

第二，散文写什么。作者说散文写作，是对各种社会符号、文化符号和文学符号的识别和改写，这一点可能抽象，但值得认真体会。我们可以从作者的题目"散文与人"来理解，这里的"人"可以理解为散文中的"人"，从这点看，散文显然要写人，什么人呢？"行动的人""逸出常规的、不正常的人"，并且作者将"行动的人"中的"行动"明确解释为"有意味的行为和有意义的行动"。另外，哪些题材好把握呢？作者也给出了自己的建议，那就是回忆和童年，因为这些储藏之物会散发出芳芬。这些自然也是"符号"和散文中的"人"。

第三，知道了写什么，接下来就是如何写的问题，首先是语言，可以从"认识和接近语言的自由"和"散文语言的重点所在"这两条一探究竟。其二要求散文写作者"撑大空间"，"进入黑暗视野"，从而练就敏锐的双眼，用它来关注多维的世界，进而建立一个关于世界的观念。

作为一位熟稔使用散文这一文体、多年笔耕不辍的作家，这十六条散文创作箴言句句写实，言简意赅。为散文写作者拨亮心灯，指引航向，这属于实用价值。另外，文学价值也通过一些闪耀着哲人智慧的语句体现出来，甚至可以作为"座右铭"，这就不仅仅是"散文创作谈"了，算得上思想者的智慧火花。

（崔刘锋）

游离与回归的悖论
——在青莲沙龙的演讲

起初我对是否参加青莲沙龙的这次活动有点犹豫——不过我对做任何事情都会犹豫,但我到底还是来了,也就是说我在犹豫了一番之后,取消了自己的犹豫。这对于我是一个比较典型的动作。我惯常如此。

我先从一个人说起。就是咱们群里有人提到的刘西渭。刘西渭又叫李健吾,做评论家时他是刘西渭,做翻译家时他叫李健吾。他曾经被认为是一个天才的评论家,但他的至今仍然在被人阅读,至今仍然在卖的作品,是他翻译的《包法利夫人》。这是他惠及当代的一个翻译作品,至今被认为是无可替代的。这是他三十多岁时完成的一件工作。他的《福楼拜评传》是在不到三十岁时就完成的。这也是一本仍在被引用的书。也就是说,李健吾在三十岁左右就完成了他一生最重要的工作成果,达到了他一生的顶峰,他此后所做的工作,并没有多少流传下来的、可以被我们当代的人们继续阅读的东西。他的天才显然没有全部发挥出来。发生在李健吾身上的这种情况,也发生在沈从文、丁玲等很多现代文学作家的身上。甚至可以说,这是那一代人的命运。这一段历史我们早已经非常熟悉。我之所以重提,是想引出一个话题。

那就是我们这一代人的命运,即出生于1960年代初,幸运地赶上了高考,经过了整个改革开放的历程,现已进入老年,基本可以回望一生的这一代人的命运曲线,以及从这一曲线中映现出的他们生命的旋律。我以前曾经引用别人的话说，百年中国，每十年有一个变化，这一变化影响到这十年中出生的一代人，这就是为什么我们会有60后、70后、80后、90后这样划代的说法。这并不是一个偶然的现象，但也不是一个普遍的规律，它只是改革开放以来的一个中国现象。它非常重要，值得观察，因为它体现了几代人的命运旋律。那么，我们这一代人有怎样的一个命运的旋律呢？我想以我为例来加以说明。

我出生于1961年的晋城县巴公人民公社。首先，1961年是困难时期的最后一年，这是这个年份的一个特定的含义；然后，巴公人民公社，早已不再存在了，它那时候是包括了大阳镇和陈沟乡在内的一个很大的公社，但它还不是最大的公社。因为还有高平人民公社，沁水和阳城合并而成的阳沁人民公社。总之，巴公人民公社，即我的出生地，已经不存在了；第三，我在1963年或1964年就离开巴公，去了长子县的一个人民公社，原因是当时的"四清"运动，我父亲去那里搞"四清"，我们全家随之而去；第四个情况，是我出生九个月的时候得了小儿麻痹（脊髓灰质炎），虽然侥幸地没有死去，但成了残疾人。

关于我的残疾，我的父母和家人在我很小的时候，经常半真半假地给我灌输一些说法，一是说我的奶妈应该对此负有责任，首先我的奶妈的奶不够，但她没有坦承这一点，这就导致我的体质不佳；其次，我奶妈的家庭成分是富农，这个富农女子抱着我去人群中看戏，使我得了传染病，这样她就难逃故意使我得病的嫌疑；第三，因为我们家的孩子已经够多的了，而我既然已经奄奄一息，所以曾一度考虑将我弃之不顾，我能活下来纯属侥幸，所以，我对待人生正确的态度，唯有无限地感激我的父母。

这些说法都是以半开玩笑的态度说的，但是，这里存在一个问题，那就是一个孩子是不懂得开玩笑的，他完全不能理解世界就是一个玩笑，这样一种十分荒唐的世界观。但这就是大部分成人的世界观。孩子还没有建立起他的幽默感，他当然也不可能知道，一句话的含义分有字面上和字面之下两种，并且这两种含义经常构成一种反讽的关系。

所以，我对待上述说法是绝对严肃和绝对认真的，因为那时的我还没有学会不严肃和不认真地看世界的态度。

一个孩子对待世界的态度之极端的严肃、鲜活，是成人所不可想象的，尽管所有的成人也都曾经是一个孩子，但他们由孩子变为成人的代价，就是彻底舍弃了他身上的孩童性；他们已经忘记了，孩子对世界有着一种一次性的、绝对的、不可逆转的建构关系，也就是说，世界并不是现成的已经在那里，然后被一个孩童看见的，而是从一个孩童的眼睛里，一棵树、两棵树、一条河、一座房屋，生长出来的；人们口口相传的有关世界的各种传说，在一个孩童的耳中，也并不是传说，而是真理。

在这种情况下，我就被置于了一个非常特殊的境地里：第一，我本不该来到这个世界，但我却来了，那么，我一定另有来处和去处。我是人群中的异类，我从根上就是这么的与众不同，我永远也无法混同于人们之中；第二，对待一个病人和残疾人最合适的态度，就是将其舍弃，结果却竟然没有将他舍弃，那么他的存在必定是偶然的、短暂的、充满争议的，也就是说他的存在必须得由他自身提供充足的理由，否则他就是一个可泯灭的存在物；第三，我喝了富农的奶，我的身体里就流淌着原罪，我必须洗净自己，但是，既然是原罪，那就是无法清洗的。这是一个存在的悖论。

这样，我就成了一个幸存者、一个短暂的人、一个偶然的人、一个存在理由不够充分的人。

这是我的一切行为的出发点、一切思想的困境、一切奋斗的动机，和一切消极无为背后的动机的缺位。

这就造成，我起初是一个恐惧者。我对所有东西感到恐惧，对他人，对集体，对外物，包括对家人和亲人。因为我不属于他们，我和他们不同，他们都是我的对立面。上小学一年级的时候，我几乎是被同院子的孩子们簇拥着去的，有那么多的护卫，仍然不能免除我对集体的恐惧感。上小学二年级的时候，我来到了长治市，上学路上漫长的街道充满了危险，没有伙伴，没有援兵，肚子里永远憋着一泡尿，那泡尿成了对个人尊严最迫切和内在的威胁；上小学三年级的时候，我通过给同学们讲故事的方式，暂时消除了周围的敌意，但我心里明白，敌意是永存的，和解的局面是脆弱的；上小学四年级的时候，我似乎开始展现出了优于同龄孩子们的智力上的优越性，但却被老师批评为"你也太聪明了吧？！"于是我知道我仍然是孤立无援的。

也就是在这一年，我开始给《人民日报》写信，谋求外出治疗我的残疾。我努力与外界联系，寻求救援，一直持续到初中毕业，终于达成目的。这是我开始有意识地进行游离的最早的一个连续性动作。

这以后，支撑我内心的不再是恐惧，那个支撑性的东西变成了骄傲。我傲然于我在学习上、智力上对周围的领先。特别是高考，仿佛给我佩带了一枚勋章。我曾先后参加过三次高考。尤其是第三次高考，明知考试成功也不会被录取，仍然执意地要参加。我仿佛是为了那枚光荣的勋章而战。上了师专以后，我本来应当努力学习中国古典文学，因为晋东南师专据说是山西省师专类院校中的古典文学重镇，但我弃古典而转向外国文学，并由19世纪的外国古典文学迅速转向西方现代文学。这是又一次从中心地带，从集体之中向外进行的游离。

开始文学写作以后，我起初是写文艺评论的。1985年我获得了首届全国青年电影评论征文一等奖，并赴京领奖。在北京观摩了几部真正的现代电影，见识了北京的电影评论家们的高谈阔论，也听了一些关于文学的讨论，回来后我就放弃了电影评论写作。这是一次带着虚假的骄傲的游离。

所有这些游离,我自己觉得都是指向着某种回归的,但是究竟要回归何处,却并不了然。我似乎把自己悬搁在游离与回归的中途。似乎只有在那个前不着村后不着店的地方,在惶恐和缺然的状态中间,才有一个隐约的方向可供踅摸。

这似乎像是一种存在主义的气质,或者是一种浪子气质,甚至也可以说是一种无产阶级的气质,亦即共产主义的气质。总之它们都有一个共同点,那就是始终在途中,不断地做出决定(或搁置做出决定),终极目标遥不可见,或者是干脆迷失于终极的目标。

包括我下围棋,也是一个游离的动作。我们坐到棋盘前,双目凝视黑白两色的棋子,沉醉于一场游戏的剧烈的胜负,总是转瞬之间就由白天进入了黑夜,成功地将外部世界——包括文学艺术摒除于外。游戏就是避世。游戏者是虚无主义者。我下围棋二十多年。那正是一生中最好的年华。我没有将最好的年华用于"立功""立言"。我偏离开了在文学上"建功立业"的正道,使得文学更加成其为一座宝藏。这座宝藏近在咫尺,我只需换一个座位,就可以进入对她的无尽的阅读之中。我曾经将最美好的希望藏起来,然后我又回来了。

开始散文写作之后,我一度把自己定义为一个观察者。所谓的观察者,其实就是一个冷漠的局外人。我也的确曾经对加缪的小说《局外人》着迷过。我也曾一度着迷于罗兰·巴特的"零度写作"。我对帕斯卡尔和维特根斯坦严谨而又冰冷的金属般的思想情有独钟。我对托尔斯泰上帝般凌驾于一切之上的姿态,对川端康成的自闭式"雪国"美学,对杜拉斯的自残式切割自身的残酷语句,对卡夫卡的黑暗地洞式的迷宫写作,都曾经不可抑制地坠落般地爱过。

四十岁的时候我出版了我的第一本散文随笔集《隐居者的收藏》。从这个书名就可以看出一种游离的倾向。书出版后,一个著名作家给我写了一封信，后来这封信成了公开信，他从他的角度看出了我是一个游离者。我们一般都认为，一个人是他的环境的产物。但这并不绝对，也不可能是绝对的，一个人也可能成为超离于环境的一个存在。一个自觉的观察者，就是一个自我的建构者，环境对于他就是非本质化的，是一个解构的对象。当然，这一过程肯定是十分艰难的，因为要防止自我的对象化，需要强力的意志，需要护卫意志的飘逸不坠的思想。

说到与环境的关系，我还有可说的。我其实出生和成长于一个完全没有文化甚至是反文化的环境中。我们家几乎没有一本书。我的父母是工农干部，他们的文化水平是可以勉强读报纸的样子。我的父母青年时代从农村出来时，没有带出来任何东西，而且丢失了中国农民普遍的信仰和价值系统。因此可以说我们家是一个朴素的无神论家庭，所谓朴素的无神论，我指的是一切皆不值得敬畏，尤其不值得敬畏的是文化，这么一种世界观。我十六七岁才第一次在附近农户的院子里看见农村家庭主妇的敬神仪式，我深感震惊和神秘，但却并没有唤醒我内心的任何东西，因为那里是空的。然后，我的母校是一所人民公社的半工半读的五七学校；我的周围没有知识分子，一个都没有，就连关于他们的传说都没有。我的阅读启蒙开始于我到师专读书以后，也就是二十岁左右，这简直太迟了。所以我不能说我是一个环境的产物。

我是我的环境的一个异物。这一点意识可能才是始终存在的属于我自己的一个内在的东西。是它陪伴着我的成长，给了我最初的观察的觉醒，一个恐惧者的羞怯的内心，以及一个向内生长的卑微的灵魂。向着内部空间逃跑，这是我的道路。我对此秘而不宣。在我很小的时候，有一次，趁无人之机我趴在我们家唯一的桌子上试图写一篇文章，这时一个年轻人掀开门帘走了进来。他要看我写的东西，他无非是逗弄我这个小孩子，我则坚决捍卫我的秘密，不让他看。我内心的秘密当然更不可能让任何人看见,但我却可以看着任何人,听他们的谈话,这就是一个观察者天然的不可剥夺的位置。你把他置于哪里,他都可以看和听,可以在内心形成他的意见。观察,意味着某种自由。

我觉得我现在已经从观察者的位置脱离出来了,但我仍然是一个局外人,可能是一个热情的局外人,或者是一个怀抱着人道主义的局外人。现在的我,可能确实是一个很好的交谈者。我和不论什么人在一起,可以很快地并且是轻易地进入到一个倾心交谈的状态,可以迅速地进入到一个实质性的交流阶段。在出租车上,在下乡扶贫时,在小区门口碰见保安的时候,以及在办公室接待作者时,也就是说,面对所有愿意打开心扉的人,我是一个愿意接纳他们的痛苦和欢乐的人。而且我也确实发现,所有人都愿意敞开他们的心扉给外人看,除非他们被贫困和极度的劳累所损耗殆尽,即使如此,他们的善意也仍然是可感知的。

问题是,所有的交谈、交流,都是短暂的,甚至是瞬间的,交谈和交流的终点很快就会显现,那就是两个点向着相反的方向运动而去,就像一条无限延伸的直线的两端。一定就是这样。

我们和任何一个他者,都不能构成一个命运的、精神的、思想的共同体。甚至在某种意义和某种程度上,我们都仍然是对方的戒惧者。所以我说,我只不过是一个热情的局外人。

这就是我一生的几个阶段:从一个自我设定的幸存者,到一个带有青春期狂放的骄傲者,再到一个冷漠的观察者,最后是一个热情的局外人。当然现在还不能说是最后。

我希望能保持住我的热情,直到最后的最后。

赏析

好的散文家应该是一个好的讲述者。就像夏日暗夜里，一位长者在院落里，躺在竹椅之上，手摇一把蒲扇，仰望星空，不疾不徐，娓娓道来。

这篇演讲稿，作家就是在讲述自己的故事。作家自身故事的独特性，对于今天的孩子们来说，一切都可能是荒诞的、魔幻的、匪夷所思的。少年时期，因为身体的原因，加上社会的冷漠，导致作家自我的封闭和包裹。在经历了从焦灼、恐惧、孤独和欲喊无声之后，一个偶然的机会，作家在文学中，寻找到了安慰，于是，开始用心构建自己童话的城堡。而这个城堡的构建，并非一帆风顺，而是在游离与回归、逃遁与执着中，像拉锯战一样胶着。然而，这个梦，始终是一个存在，始终是一个动力。在与众多他所喜爱的作家建立起的精神联系中，作家在文字中找到了归宿。这种神交，不仅拓展和丰富了他的文学视野，而且，深刻影响到了他，使他不再是生活的"局外人"，而是一个深度的参与者，他成了一个自觉的观察者、思考者、书写者，这一切，也最终成就了今天的作家聂尔。

这是一个人对自身命运的检视和反观，一切那么真实，又那么亲切。作家在讲述这一切时，就像小河之中的潺潺流水，舒缓清澈，表现出的是一种平静、豁达和幽默。他没有抱怨，更多的是自省，他总是更倾向于寻找某种视角，对自己似乎充满悖论的生活轨迹进行理性的澄清，让这个悖论在这个迷人的空间，呈现出令人向往的向上的力量。

（任慧文）

"泥塑"之道兼及聂尔散文断想

/ 王朝军

无趣的人不希望别人也无趣，这是普遍心理。所以我在面对评论对象（这里指文学散文）时总期待他或他的作品是有趣的。唯有趣，才能补偿我的无趣。但即便是如此卑微的小确幸，也很难实现，常常是：失望从起点一路忍耐到终点。然后，我的脑袋里塞满虚无。

我惧怕虚无，就像我惧怕一篇文章的始作俑者不是作者本人，而是他的前身、他的先驱、他的祖先……总之，就是那个站在前写作期，拽住他思想衣角的既定程序。文章写完了，里面却没有他，他始终在复制粘贴别人的声音。这岂止是无趣，简直是无聊。但我们又怎能苛责众多的散文家呢？他们生活在被深度符号化的世界，当他们开始写作时，他们早已习惯了真理在握的感觉，而那个"真理"是绝对的、封闭的、不可置疑的，他们要做的事，就是把真理重重包裹起来，然后在适当的时候抖落之。为了凸显真理的重要性，他们不惜笔墨给真理拖上一条长长的尾巴。尾巴很漂亮，很光滑，给人一种心理的过渡，不过它也仅仅是过渡，注定会消失。就像猴子的尾巴在人身上消失一样，连带真理本身都失踪了。

是的，在现代汉语散文领域，有趣者甚少，如聂尔般的有趣就更是稀缺了。稀缺才稀罕，才有见到宝贝便想占为己有的冲动。于是我效法《西游记》中的老和尚将聂尔的散文"借来一观"，以期长长久久久披上这缀满珠玉的袈裟,度化那个无趣的自己。结果呢,我愈看得清楚就愈自卑,"不是真僧不敢穿"哪,还是把它留在原处,老老实实地摩挲一番为上策。

然后我就摩挲出一种目光,它属于孩童,或者说它被预设为来自孩童。它正奋力穿过小主人的双眼,辨认这陌生而广大的天地。这是一种直视事物的眼光,在它的路径上没有人类经验的背景,没有意义和价值的藤蔓,只有新鲜的、透明的感官,它看到什么就是什么,世界的图景诚实地映现在它背后那面心灵的镜子上。因此,它在《王莽岭看雪》中看到的就不再是李白杜甫的雪,老舍的雪,普希金帕慕克的雪,也不再是"独钓寒江雪"或雪落人群的喧闹,而是它独自认领的雪。"我看见了光在每一处的变化,风在雪地留下的痕迹,林中细弱的草如何与雪纠缠。"还看见"野鸡脚印。它那清晰的三根指头印下的脚迹,形成一条直线,仿佛一行自然的密码,静谧地指向路边深沟。"很难说这些发现都是拜孩童眼光所赐,但它们会造成一种时间上的错觉,让人以为这就是人类最初看到的事物的模样,最"简单",最直接,也最真实。所以当我们跟随作者发现光之于雪的秘密时,同样为之惊喜。因为我们信了。而这信,并非源自已知,而是源自未知,或者说是将已知转换为未知。此时,作者已悄然将我们的目光滑动到历史开始的位置,他要带领读者重新勘探和编纂这个自以为无比熟稔的世界。

这多有趣啊,因为我们的好奇心有了满足的可能。谁都知道,未知的世界里遍布"奇遇",既然王莽岭的高处有,生活的低处也应不遑多让。这不,《短暂的猫咪》和《我家里的空气》便将"奇遇"落实到了匍匐在地面之上的人间。

猫咪是带着庄严的使命来到作者家的,这使命很实用,因此也很短暂,就是抓老鼠,除此之外,在作者眼里猫并无他用。可猫咪并没有沿着人类规划的蓝图行事，非但抓没抓着老鼠成为一个谜，还留下了斑斑"劣迹"。

窗台以及其外别样浓重的夜色，茶几下搁板上那几乎是不可能的隐秘通道，地板上的每一条砖缝直至其每一寸光洁的空无之处，还有我那久已无人光顾的大写字台荒凉的表面，以及我家所有可能的角落及其相互之间的关联……

当然，省略号里还藏匿着一只猫咪极不得体的罪状，那就是在妻子的被窝里睡了一整天。这是猫咪诸多"劣迹"的延伸，也是它最终被决定赶出家门的直接诱因。在此之前，猫咪就像一个傲慢的女王，在它的领地上巡游，尽管该领地狭小而局促，但它总能在复杂的局面里寻找到一条鲜为人知的通道。对，就是"鲜为人知"，当作者和他的同类还在汲汲于生活的功用时，猫咪却以它短暂而偏僻的行程揭开了这个世界的内在奥秘。事物由此脱离了"合法"的认识轨道，重新在我们生活的平面上耸动、拱起，直至"呈现出如同山峰一般的高度"。

一切都变得有趣起来，猫依托行动与人争辩的同时，居然真的把人"说服"了："它总是显出一副悠闲而毫无负疚之心的样子，它难道知晓人心总是不欲深究罪恶，甚至是迷恋于犯罪的？"这等于是在说，人同猫心，心同猫理，只不过人类忘记了自己还有野性，还有不驯，还有粗糙但蓬勃的生命活力。在人的被窝里睡觉又怎样？那不是恰好证实了人生活在规矩里却看不到自己的事实吗？——这当然不是怂恿我们"犯罪"，而是向我们表明猫咪的"无用之用"，即它已经"捕捉"到一个蹿出人类经验（抓老鼠）之外的生命法则：我们在，就必须出具一份在的证明。

在《我家的空气》里，聂尔就出具了一份强有力的证明。他以普鲁斯特式的耐心和敏感，精心搜集了各种身份的空气，并为空气钻探出味道。商人的家是"交换"，官员的家是"凝固"，艺人之家是"膨胀"，农家是"童年"，穷人的家是"凛冽"。如果将这份味道料理手册依次罗列下去，可能需要穷尽聂尔的一生，况且即便如此，他也很可能会感叹"人生太短"。因为类似的事，普鲁斯特早在一百多年前就干过，他动员了周身所有的官能，也仅仅将清晨的市声在《追忆似水年华》中拖拖拉拉了三十多页。聂尔知道这事儿唠起来没完，所以他明智地选择适可而止，味道学研究的方向也迅速转向了自身，转向了"我家"。

"我家的空气"是怎样的呢？在妻子眼里，是"万千飘荡的尘埃"；在女儿劈波斩浪的身姿下，是慑于威严的"动荡"；到了作者的鼻端，则是一寸一寸的书的味道。我就知道作者会将空气最终收拢到书里。这是一个知识分子的宿命，不谈书，你难道让他谈股票不成？

但我关注的不是这些，我关注的是语言本身的幽默和躲闪在幽默之间的智慧。何以幽默？在聂尔，则是汪洋恣肆的想象，还有对自身经验的高度执着。你看，诸种空气在他心灵感官的扫描之下，显影出一帧帧风景的奇观。而在这些奇观中，视觉、听觉、嗅觉、味觉、触觉以及人的所有感觉，都经由联想和想象的加工、转换、淬炼，释放出精神的"味道"。这些精神味道长久地潜伏在时间深处，等待想象的密钥将其激活。聂尔直觉地找到了密钥，也就唤醒和穿越了他的"普鲁斯特时刻"——通过嗅觉瞬间开启记忆中某个时刻的特定感受。

举证并不困难，例如"戳指可破"的如绸缎裹着一具华丽胴体的《追忆似水年华》，例如"阴暗潮湿"的陀思妥耶夫斯基，例如可以把人变作幸福的蚯蚓的浑身"土味"的卡夫卡。就算离开了书和书的作者，聂尔也能在事物之间建立惊险的、偏远的联系。

"泥塑"之道兼及聂尔散文断想 / 183

写农家空气的味道就是一例。

我们再来看看我们时常走入的，或者就是我们从那里走来的、农家的空气。农家的空气里洋溢着童年的味道，这是很容易闻见的，因为它以慢过时间许多倍的速度，在一个深底缓缓地流淌着，当我们离开几十年之后回来，那弥留的味道仍然还在。如果不加避讳，可以说那里的味儿稍显污浊，但这浅浅的污浊正是慢的表征，正仿佛数百年的气味积聚在这厚墙之内，造成了不同于空气的又一种物质，以保证可以从中提取出豆腐渣似的乡愁。

嗅觉上的"稍显污浊"，浅浅的，淡淡的，给人以心理时间的"慢"，甚至这慢还要"慢过时间许多倍"，在视觉上则体现为"在一个深底缓缓地流淌着"。继而通过"积聚"委身于现实的厚墙。现实是什么？现实自然是浓郁的乡愁。但因了感官的有效接通，这乡愁就不再是一种形而上的观念，而是味觉接收到视觉信号后的创造性成像：豆腐渣。"豆腐渣"和乡愁，这两种分别处于物质与精神两端的事物，围绕"童年"记忆达成了一致。

——我断言，幽默就在这"豆腐渣"的体内。如果你有足够的乡村生活经验，乃至你的童年也在乡村度过，你定会对此会心一笑。豆腐渣是乡村生活的常见物；论资历，完全承担得起"数百年"的时间长度；它身上散发出的味道也的确给人以浅浅的污浊之感；而它细碎如蚁的颗粒状，不正像童年记忆的残片吗？至于豆腐渣这种并"不体面"的乡村食材还给作者留下过什么其他印象，我们不得而知。但当你隔开岁月的距离，重新把目光投向农家时，"豆腐渣似的乡愁"很可能让你的鼻腔里涌动着放纵与怜悯、嘲谑和忧伤的复杂感情。

这便是乡愁，它无限小，又无限大。这也是散文的基本伦理，它不一定要做"大事",讲"大道",但它要体验并肯定"自由",在意义世界的海洋里享受探险的乐趣。

这一点聂尔比谁都清醒,所以他在文章的末端行使了彻底的"自由":"沉默"或"沉默之味"。他解释说:"我要我家的空气只充溢着从未有人描述过的空无之味。"既是空无,本无色无味无形无声,但聂尔还是忍不住在想象中构筑了它的形体(默之丘山)、声音(音乐的声响)和气味(天堂禁果一般的异香)。当然还有色彩,那是吞噬整个世界的纯然的黑。在此,空间的几何学和时间的心理学赋予了"沉默之味"以终极的形象和品质。聂尔也得以雄辩地确认了自己的在。没错,他在,他才能做出选择和行动,他才能在"书写"的行动中"啃啮"出一片智慧的天地。

哈罗德·布鲁姆说:"真理之有趣并不亚于真理之严肃。"由是观,然也。

其实我读聂尔的散文,更想读到故事。唉!没办法,谁让人的天性如此呢?于是我根据标题,极尽猜度、推测之能事,挑选了几篇自以为可以偷窥其"私人细节"的文章,依次是《我的女儿》《我的写作故事》《我的恋爱》《父女之间》《审讯》《我的儿子》。我想象,这些名字上一定叠印着丰盛的故事,就像《一千零一夜》里的少女山鲁佐德,她在国王身旁的每一个夜晚都是故事的容器,因为白昼一旦降临,故事即刻终止。

不过,我窥人"故事"的私欲很快就被故事本身阻挠、改造,变得严正起来。我知道我的内心起了某种化学反应,造成这种反应的核心介质则是"真心"——基于文章里那个"自我"的严肃的赤诚的真心真情。也就是说,聂尔拒绝向我提供一个纯粹的自洽的"他者"的故事。想听故事,你可以去读小说呀!他时不时从故事中"跳出来",

提醒我的正是这一点。他还提醒我：对于文学散文，没有人情是会短命的。——这句话的原型出自电视剧《潜伏》："没有人情的政治是短命的。"人情是什么？人情就是人的真心本心素心赤子之心，就是推己及人、破除执念，就是谦卑审慎、虔敬万物。而有了真心，才会看到真相。

这不是玄学的演绎，而是关于散文写作至关重要的认识论立场。人首先得对自己的认知限度保持应有的警觉，知道自己的"无知"，知道世间万事万物除了自身所看到的所听到的所想到的之外，还有更多更难以逆料的可能。甚至有时，这些可能性会否定我们的"过去"，杀死我们的"已知"。我们犹疑、困惑，跌跌撞撞，不断在自我质疑和辩驳中更新对事物的认识，体认生命和世界的广阔真相，也同时确认我们自己。说到底，正是因为"无知"和"有知"的相伴相生，那个"我"才得以成立。

所以好的散文就是民主精神的集散地，它会生成一个开放的对话空间，而"我"则小心翼翼地发出声音，接纳来自各个方向的责难、非议，从中求证"我的"信与不信，并由此出发，赶赴新的未知疆域。

现在，聂尔为我们贡献了这一过程，也一步步敲开了围绕自我的多个心灵侧影。

"我的女儿"在她成长的各个时间刻度上给予"我"的连续性惊讶和不解，让"我"我逐渐意识到：生活原本就是自由意志的最佳试验场。

"我的写作故事"并无多少奇崛之处，但它的每一次变奏，都是"我"学习在写作中盛放自己肉身和灵魂的转换器。小学五年级时，作文被老师改写后的那一段，"成为永远的缺憾，成了我的心灵鸡汤里的一粒老鼠屎"；升入高中，在病床上翻成语词典，"一个个成语故事成为我的病中童话，它们教会我过去的人们如何在古代汉语里进行人生得失的计算"；上大学时尝试写小说而失败，这才理解"实际上我们的自我认识很多时候是不属于我们自己的，安慰和欺骗均来自别人，我们只是不自觉而已，我们把它看作是坚强和耐心"；大学毕业后，因在评论征文竞赛中获一等奖，被调入专门机构做理论编辑，而"我"却对这个称号痛恨有加，"这个称号给了我双倍的压力：一方面我必须为此名称往自己的脸上涂上一层理论的假面，这使我颇不自在；另一方面，我暗地里进行的小说练习成为一种僭越、一个阴谋，使我越加不能放开手脚"……

"我的恋爱"起初近乎于"自我牺牲"，但当"我"好不容易迁就现实，即将摘得爱情果实时，爱情的成本效益学卷土重来，再次将"我"灭失在同一条河流。"他们绝不会向人的情感让步。他们面对自己的情感，也是这样的态度。这是因为，情感是没有任何社会价值的，因而它是一种应该被普遍加以克服的东西。人们不应该有情感，只应该有特定情况下的需求。人怎么会对情感有需求呢？这就是他们的信条。"——无疑，这也是生活对作者的"奖赏"：它直截了当地拆除了幻觉，显露出坚硬的内质。

好了，还是不要跟进下去了吧，《父女之间》那个惊慌失措的父亲，《审讯》里那个被推迟的判决，《我的儿子》中那个活在"我"想象之途的儿子，乃至聂尔的其他文章，就像一张张可以对折的脸，一方充当了作者的忠实史官，另一方则执掌着女巫的魔棒，魔棒举起、落下，脸容层层剥落，暴露出泥土的本相。

嗯嗯，"人是泥捏的"。聂尔恰好有一篇以此为题。但我认为，这个标题本身，就是需要人的一生才能写就的散文。

王朝军，笔名忆然。文学评论家，鲁迅文学院第三十六期高研班学员。山西省作家协会首届签约评论家，第七届全委会委员，大益文学院签约作家、签约评论家，"钓鱼城"大学生中文创意写作大赛终评委。获2016—2018年度赵树理文学奖·文学评论奖。曾任《名作欣赏》副主编，现供职于北岳文艺出版社。发表文学评论、思想随笔若干。出版有评论专著《又一种声音》。

后 记

我不知道一本书的读者是否会看到那本书的后记,因为假若他是按顺序阅读的话,看到后记将意味着他不仅读完了全书,而且在读完全书的正式的内容之后,还有余兴,意图了解那本书的制作过程,这对那本书的作者会是多么大的奖赏啊!如果这本书还只是一本个人的散文集,也就是说书的内容千丝万缕地连接着与读者无关的作者本人的生活,并且其中并没有安置任何一条情节线对读者加以引诱和蛊惑,读者却居然读完了全书,甚至还想要读一读后记:此种奖赏所给予作者的巨大恩惠简直不可以言语道出了。

所以,想要让读者读到这篇后记,无异于作者的一个痴想。但作者却又必须得假定他将能够得到此一巨大恩惠,否则后记就是不必写的了。这就是后记与正文的性质之不同。敢于为一本未允蒙恩(承蒙读者之恩)的书写一后记,就无论如何都包含着作者的一丝自恋、自傲和不自量力在内。因此,后记不得不在自我谴责中完成,也因此它不得不是最为短小的。

作为自己的散文集的编者,作者会陷入面对此前他的一大堆已完成文章的困惑之中,但他又不得不从中进行一番抉择。任何明白人都会明白,这决非一个单纯快乐的过程。写于过去的文章,当然不会与作者目前的思想、状态,以及他灵魂的颤动方式相吻合。产生于过去某一刻的文章只会对应于时间的那一刻,而非对应于此时此刻。因此,遗憾必将伴随着编结此书的全过程。这正是他的不快乐的由来。

但是为避免矫情之嫌，他还不得不假装成事情已经做得圆满的样子，对这本书的一般性的体例和原则作一说明，这说明就是，本书依顺序包含了以下性质的文章：

对于作者的故乡及其中的一些与作者有关的人物的书写。但是这里的故乡有时并无局限，反而极其广大；

对于作者的个人成长和经历的抒写。因为个人不得不在社会中成长和经历，因此作为个人的背景的社会和时代亦不得不也同时成了所写的对象。又因为个人之偏处一隅，限于一身，他的社会和时代观察当然不会是最准确和最客观的，但也正因此，这些是散文，而非历史；

对于散文之写作方法以及读书的一些个人化的总结。表面看它只对于文学写作者同行或者还有对写作过程亦有兴趣加以了解的那部分读者有意义，实际并非如此，因为这是一个分析的时代，思想的时代，与景观化抗争的时代。

总之，这就是这本小书的全部，以及它之所以呈现于此的缘由。